Fra hytterne

Andre klassikere udgivet ved Poul Erik Kristensen:

Jeppe Aakjær:
Fra min bitte-tid (erindringer). 2016.
Drengeår og knøsekår (erindringer). 2016.
Hedevandringer (kultur- og naturbeskrivelse). 2016.
Vredens børn (roman). 2016.
Bondens søn (roman). 2016.
Arbejdets glæde (roman). 2016.
Vadmelsfolk (noveller). 2016.

Johan Skjoldborg:
En stridsmand (roman). 2017.
Gyldholm (roman). 2017.
Per Holt (roman). 2017.
Nye mænd (roman). 2018.
I skyggen (noveller). 2018

Henrik Pontoppidan:
Isbjørnen (roman). 2017.
Landsbybilleder (noveller). 2018.

Alexander Rasmussen:
Forvalteren på Lindenborg (roman). 2017.

Poul Erik Kristensen (red.):
Jylland – de klassiske sange (sange). 2018.

Henrik Pontoppidan

Fra hytterne

Forlag: BoD – Books on Demand, København, Danmark
Tryk: BoD – Books on Demand, Norderstedt, Tyskland
ISBN 978-87-430-0284-0

Indhold

Udgiverens forord

Henrik Pontoppidan (1857 – 1943) regnes blandt Danmarks store forfattere. I 1917 modtog han da også Nobelprisen i litteratur. Begrundelsen var "hans autentiske beskrivelser af dagligliv i Danmark."

Disse beskrivelser finder vi allerede i hans tidligste bøger fra 1880'erne, og det vil bl.a. sige hans novellesamlinger *Landsbybilleder* og *Fra hytterne*, der udkom i henholdsvis 1883 og 1887. Som en kendt litteraturhistoriker skriver: "Personerne er fede bønder og magre husmænd, garneret med bavlende lærere og højskolefolk, hoven og uforstående gejstlighed, et par enkelte grever og højere embedsmænd."

Pontoppidans bøger fortjener stadig at blive læst, men tiden går, og retskrivningen ændres. Derfor har jeg i 2018 med nænsom hånd redigeret nærværende bog for at fjerne en række irritationsmomenter for nutidens læsere. Navneord skrives med lille begyndelsesbogstav, aa ændres til å, gamle stavemåder erstattes af nutidens, og enkelte ord erstattes af nye, der er mere forståelige. Endelig er der også hist og her, men bestemt ikke i noget stort omfang, blevet ændret en smule på tegnsætningen.

Mit udgangspunkt har dog hele tiden været, at hvis jeg var i tvivl om en rettelse, fik Pontoppidans egne ord lov til at bestå. Forfatteren har med andre ord hele tiden stået over grammatikken.

Poul Erik Kristensen

Knokkelmanden

Ude i øst, bag den lange, sammensunkne voldgrøft, der dannede grænsen mellem overdrevet og de egentlige bymarker, lå et lille, pynteligt bolsted med grønne vinduesrammer, vinløv om gavlen og bikuber langs havehegnet.

Ensomt og trist lå det på de grå og stenede jorder, der skrånede ned imod fjordindløbet.

Men i den lille, sirligt anlagte have foran stedet stod et pragtfuldt flor af de fineste og sjældneste blomster. Navnlig hen på sommeren, når ranker og slyngplanter skød sig højt op på stråtaget, og når frugterne på de små, bugnefulde dværgtræer modnedes mellem løvet, så her helt bedårende ud midt i det magre, trøstesløse øde - en tropisk oase, en tusindfarvet blomsterkurv, der spredte sin fine, flygtige vellugt ud imod havets bittersalte ånde.

Det var virkelig ganske forbavsende, hvad der i alle måder var frembragt og opelsket på denne lille plet. Og mangen stille sommeraften, når solen var ved at gå ned, drev både en og to af byens folk med piben eller strikkestrømpen op over grusbakkerne for fra Øster-stien at fryde sig ved synet af den fremtryllede rigdom.

"Bolfolkets Paradis" kaldtes det også gerne mand og mand imellem; ja mange var vel ikke langt fra virkelig at tro, at der hvilede en særegen velsignelse over det.

Men bolfolket selv kendte ingen.

For otte år tilbage var de kommet herover fra landet hinsides fjorden med to rødmalede kister, en spinderok og en ægtesengs klæder. Og siden havde de bestandig holdt sig fremmede for egnen.

Fra morgen til aften havde man kunnet se dem gå i uforstyrret arbejde derude på marken bag deres hvide, langskæggede hest eller i haven med gartnerkniv og spade. Men ikke ved nogen lejlighed havde de endnu blandet sig med befolkningen, skønt denne oftere havde givet dem anledning.

Selv i kirken, hvor de regelmæssigt mødte til årets tre store højtider for at ofre, satte de sig sammen i en af de bageste stole og holdt hinanden trofast i hånden, mens deres blik ufravendt hvilede på præsten; og ved det sidste ord af degnens fadervor rejste de sig uden lyd og var allerede langt på vej ud over grusbakkerne, før det øvrige kirkefolk nåede frem gennem portalen.

Han var en temmelig lille, sammensunket og forslæbt skikkelse med denne alt for store højre-skulder og i det hele lidt skæve figur, som er fælles for folk, hvis liv har været en eneste trældom. Udtrykket i hans store, blakkede, troskyldige øjne tydede på en noget skrøbelig forstand; og i virkeligheden måtte også konen træde til, hver gang noget alvorligt eller indviklet skulle afgøres.

Hun var et stort og sundt bondefruentimmer af den art, som nu er ved at dø ud. Sandt nok: savn og tidlige lidelser havde hulet hendes kinder, og livet havde lagt en vis forsigtighed i hendes blik. Men hele hendes holdning talte om et djærvt og støt mod, som endnu intet havde formået at kue. Der lå over hendes store, lysvågne ansigt en rolig selvsikkerhed, der bestandig ligesom tog mål af verden og ikke længere frygtede den.

Man ville vide, at det i sin tid skulle have holdt hårdt for dem at komme sammen; og man forstod, at de derfor nu knyttede sig des fastere og usvigeligere til hinanden.

Oprindelig var de nok et par forladte, af det offentlige udsatte børn, der først i en billig og ussel sognepleje, senere - skilt fra hinanden, men begge besjælede af samme tanke og stræbende mod samme mål - i kummerlige tjenester mellem al slags udskud omkring på store gårde havde lært, hvad ondt var ... indtil de efter næsten tyve års selvfornægtende slid og møjsommeligste sparen endelig var nået så vidt, at de kunne bestride "redelighed" (havde til at komme i gang) og den første lille udbetaling for det sted, de siden havde besiddet.

Men dengang var dette en sand elendighedens hule med forfaldne mure og forsømte jorder. Nu - efter næppe otte års forløb - var ikke alene hele købesummen med rente og rentes rente fuldt udbetalt og jord og hele pladsen tifold forbedret, ja steget i værdi til det tredobbelte, men inde i byen ville man endog mene, at de lykkelige mennesker sidste terminsdag havde kunnet gøre et ikke ganske ube- tydeligt indskud i Sparebanken.

Men dette var heller ikke nået uden de utroligste selv- opofrelser.

Hver dag, hver time i alle disse år havde været en eneste slidfuld stræben henimod det mål, hvis opfyldelse havde været deres ungdomsdages store, fælles drøm og hemme- lige forhåbning: engang at blive frie folk på fri jord.

Deres lave, grønmalede dør havde været den første, der åbnede sig før daggry, den sidste, der lukkede sig for nat- ten. I middagssol, når andre sov, i regn eller storm, altid var de på færde i mark eller have uden at raste, ... brød sten, satte gærder, puslede deres blomster eller røgtede bistaderne. Ja, midt i den mørkeste og strengeste vintertid kunne man regelmæssig klokken fire om morgenen se det røde lysskær fra deres vinduer hen over sneen.

Derinde sad de da i den lille lave stue med en stilfærdig, aldrig trættet iver og gjorde sig tiden nyttig, indtil det dagedes. Ane spandt på rok eller kartede. Simon bandt sivmåtter eller snittede træskeer. Og om aftenen, når den korte dag var til ende, tog de rolig fat, hvor de slap, og læste til sidst ved det svage lys et halvt kapitel i Testa- mentet, inden de søgte hvile i alkoven.

Om sommeren derimod var det haven, der lagde beslag på deres ledige timer. Her var hver tomme af jord taget under den kyndigste og omhyggeligste behandling. Her vrimlede det overalt af små, pudsige indretninger, som

11

Simon med et vist mekanisk snilde, der ikke er ualmindeligt hos folk af svag forstand, havde sat sammen for at skærme småtræer for blæsten eller skræmme fuglene fra et bær eller skaffe sol på en blomst.

Men alt - sivmåtter, træskeer, honning, blomster, frugter, ja lige ned til det mindste, det ubetydeligste bær blev på det samvittighedsfuldeste samlet sammen og hver lørdag af Ane udbudt til salg på torvet i den nærmeste købstad for at øge tyngden af den røde, hæklede pung, der lå gemt i sengehalmen, og som hver terminsdag tømtes til afbetaling.

Således levede de i seks år uden børn.

Men i det syvende fødte Ane en datter, som de gav navn efter dagen og kaldte Eulalia.

Året efter kom det hende for, at hun atter var begyndt at bære. Men da tiden led, viste det sig til hendes forundring, at hun måtte have taget fejl.

Denne opdagelse, som forhen ville have været hende til lettelse, blev hende nu en skuffelse. Nu, da de havde stridt sig frem, ønskede hun sig en flok børn, der kunne dele lykken med dem. Ja sikkert ville den have voldt hende virkelig sorg, dersom ikke en anden, mere betydningsfuld begivenhed netop på samme tid var indtruffet og havde stillet den i skygge.

Den sidste afbetaling fandt nemlig sted. Den lykkelige time, de så længe havde drømt om, og som de med så langsommelig en møje havde stilet mod, var nu for hånden.

Det var med en besynderlig følelse af højtidelighed, at de begge så denne dag nærme sig. Det var, som om de ikke rigtig kunne tro på, at den virkelig var nået. Natten forud kunne de næppe sove for bevægelse; og allerede to timer før dag var Simon oppe og i stadstøjet for at gå til staden. Med rødkantede øjne færdedes Ane urolig omkring ham og hjalp til med påklædningen; og da hun over grusbakkerne havde set det sidste glimt af hans blanke vadmelsfrakke, i hvis rummelige inderlomme de to hundrede kroner lå forsvarlig indsyede, lagde hun sig ned over den lille sovende Eulalia og brast et øjeblik i virkelig gråd.

Endnu hen på eftermiddagen, da Simon endelig kom tilbage og med et nik betydede, at nu var det sket, lå der et stænk ligesom af benovelse eller tomhed over dem begge. Ane havde dækket bord med stegt sild og surkål for at gøre dagen lidt festlig; men ingen af dem havde rigtig appetit, og de talte kun lidt.

Bagefter fulgtes de ud i haven, hvor alt stod i duftende flor. Derpå gik de ud over marken, så til den dræende rug, til koen på kløveren og fårene på bakken. Polle, den langskæggede hest, stod der også; og ligesom i smug tog Ane et stykke brød op af sin lomme og stak det til den.

Alt omkring dem stod så frodigt, så lykkespående og talte til dem om en overvundet strid, et nyt liv, en rig nåde, som de nu slet ikke syntes at have fortjent.

Ud på aftenen satte de sig sammen på en bænk, som Simon i anledning af det nye liv, de nu skulle føre, havde sammentømret uden for døren. Her stoppede han besindig en ny træpibe med blankt låg, som han om formiddagen havde købt i staden; og idet han forsigtig sugede røgen til sig, så han opmærksomt ud på de lavt hensvævende, blå tobaksskyer, således som han mente, det hørte sig til for folk, der nød tilværelsen.

Ane rejste sig nu og da og plukkede stikkelsbær i sit forklæde og satte sig derpå atter hen for at spise dem, idet hun tvang sig til ikke at bryde sig om, hvad de kunne være gjort til i penge på torvet i købstaden. I brystet havde hun også en nyplukket rose.

Undertiden så de på hinanden og smilte lidt. Anes øjne var aldrig helt fri for en let fugt, og Simon lettede blot nu og da sit hjerte ved et tankefuldt: "Nå, ja ja ... her sitter vi, Ane!"

Efterhånden fik de dog tungen mere på gled og lo mere utvungent. Til sidst begyndte endog Ane - grebet af en pludselig kådhed - at kaste stikkelsbærskaller i hovedet på Simon. Først sad han en stund og tog imod dem med sveden rolighed; men snart begyndte han at svare ved sindigt at pirke hende i siden med pibespidsen og kildre hende under armhulerne. Hun slog ham over hånden og lo overgivent. Men da greb han hende pludselig om begge håndleddene og ville vælte hende bagover. Hun værgede sig tappert og sparkede fra sig med træskoene.

Dette morede dem. Den slags spøg havde de aldrig haft tid til at tænke på før. Og da solen helt var under, og de var krøbet op i alkoven, kyssedes de så varmt og eftertrykkeligt, som om de for anden gang havde fundet hinanden i en ny og lykkeligere ungdom.

Det var en af deres mange bestemmelser, at fra denne dag ville de ligge en time længere i sengen om morgenen. I begyndelsen havde de imidlertid alt for meget uro i blodet hertil, og der skete i det hele taget ikke store forandringer i deres livs daglige gang.

De anskaffede sig et rødmalet klædeskab til stuen, og Simon fik en nyt hat - hvortil han højlig trængte. Også blev det stampede lergulv i sommerens løb brudt op og erstattet af et bræddegulv, og i stedet for de sædvanlige kartofler med meldyppe fik de nu oftere sulevælling, ærtegrød med mælk, stegeflæsk eller endog klipfisk med smeltet smør. Men ellers forblev alt ved det gamle, og nede i sengehalmen gjorde den røde pung sig allerede tyk af det første lille indskud til Sparebanken.

Men ud på høsten følte Ane sig på en gang mindre vel, end hun plejede; og en dag, hun stod på læsset og lagde halm, trykkede hun pludselig hånden ind i siden, idet hun undertrykte et lille skrig.

"Vent lidt," fik hun hurtig presset frem mellem tænderne ned til Simon, der stod under og stak op.

"Hva' ska'r?" spurgte han og sænkede høtyven.

Men smerterne overvældede hende, hun måtte sætte sig i læsset.

"Herre Jøsses! ... Hva' er der, Ane?"

"Jeg ved ikke ,.. det er i maven."

"Nå-å," sagde Simon beroliget og stak atter op. "Du må ta' dig et par peberkorn til midaftensmaden, så linder'et vel."

Da Ane kom hjem, tog hun tretten store peberkorn i et halvt glas brændevin. Om natten lå hun med sin uldklokke over maven, og yderligere havde hun i smug lagt en flækket ært i et nygnavet musehul ... så det behøver ikke at fortælles, at hun denne gang kom sig.

Men helt rask blev hun alligevel ikke. Hele efteråret gik hun og småskrantede og frøs, og det skønt hun i et og alt punktlig efterkom enhver af distriktslægens forskrifter og formaninger, gned sig tre gange daglig over lænderne med uld, afholdt sig fra alle tungt fordøjelige spiser, drak blodrensende te hver morgen og aften og underskrev kanonadressen.

Den gamle, spøgefulde herre, der gerne kom fra en middag eller jagtfrokost på en af herregårdene, vidste åbenbart ikke synderlig besked og slog derfor det hele gemytligt hen.

Men det blev alligevel slet ikke bedre. Bedst som hun stod ved kærnen eller gruekedlen, kunne smerterne komme som et sting tværs igennem hende, så hun ikke kunne holde sig oprejst.

En gammel kone fra byen, der undertiden kom og købte grøntsager hos dem, gav hende det råd at hugge hovedet af en liggegal høne og drikke blodet varmt, mens hun endnu var fastende. Ane prøvede det, men det hjalp ikke noget.

En anden kone, som havde hørt om hendes tilstand, opsøgte hende en dag ude i marken og betroede hende en hel række midler, der efter hendes eget sigende alle var ufejlbarlige. Hun skulle blot ved næste næ, uden at nogen så det, lade sit vand på et stykke flæskesvær og hænge dette op i skorstenen indtil nyet. Også kunne hun grave det ned på et sted, hvor hun ellers aldrig kom; men da måtte hun tre gange råbe sit navn, inden hun forlod det. Allerbedst var det dog at stikke en pilekvist ind under taget og hver nat gå ud i bart linned og svinge den over sit hoved.

Ane forsøgte sig samvittighedsfuldt med det alt sammen, men det viste sig lige resultatløst.

Da overtalte den gamle kone hende til at prøve en klog mand, der boede i nabosognet, og som havde hjulpet mange både for bylder og modersot og faldende syge og meget andet. Ane vægrede sig i begyndelsen; men en søndag, da vejret var godt, kørte de dog derover og opsøgte mandens hus, hvor flere vogne ventede uden for døren. Hun blev signet og målt, og til sidst gav han hende en krukke med gult fedt, som hun skulle smøre sig med over maven. Straks syntes hun, det hjalp godt, men ikke længe efter var det omtrent det gamle igen.

Så slog hun sig til tåls med dette resultat, indtil julen var ovre og det nye år gik ind.

Da bestemte de sig til at benytte den nemme lejlighed, som et isdække over fjorden gav dem, til at tage ind til hovedstaden med et læs sivmåtter og riskoste, som Simon i vinterens løb havde bundet, og som de derinde mente at kunne få fordelagtigere afsat end på torvet i staden. I samme skynding kunne da Ane rådspørge en professor, om hvem de havde hørt tale, og få ordentlig besked på tingene, så hun igen kunne blive rask og frisk, inden frosten gik af jorden og forårsarbejdet skulle begynde.

16

En nat klokken tre kørte de i måneskin over den islagte fjord og drog de fire mil ind til København.

Det var aldrig før faldet dem ind, at der for alvor kunne være tale om fare. Når de havde ymtet noget i den retning for distriktslægen, svarede han altid på sin sædvanlige spøgefulde måde, idet han tog cigaren af munden og lagde hånden på deres skulder: "Kære venner!" sagde han. "Hvad er farligt? Man kan dø af et knappenålsstik og leve med et sabelhug. Altså, kære venner, - god morgen!"

Men da de nu stod i den berømte professors store venteværelse og så den kreds af nød og elendighed, der her sad bænket langs væggene eller med vaklende trin listede over gulvtæppet, betoges de af en pludselig angst. Den sælsomme stilhed i det store rum, de blege, spændte ansigter, luften, der var mættet med karbol som på et hospital - alt talte på en gang til dem om død og opløsning.

De havde som sædvanlig trukket sig tilbage til en krog, hvor de stod tavse og holdt hinanden i hånden, mens deres øjne mødtes, hver gang døren til professorens stue åbnedes og en bleg skygge gled ud eller ind. Men da endelig deres eget nummer af tjeneren blev råbt op, og de selv stod i døren, i færd med at gå derind, greb Ane pludselig angstfuld om Simons arm som for at holde ham tilbage.

"Værsgo! - træd ind - og luk døren!" råbte professoren, en lille hastig mand med hvidt hår og hvidt halsbind, der stod midt på tæppet og pudsede et lille instrument med sit lommetørklæde.

"De fejler?" spurgte han derpå straks, da døren var blevet lukket, idet han under de mørke, buskede bryn kastede et hurtigt undersøgende blik hen imod dem.

Da Simon efter evne havde forklaret og omstændelig beskrevet årsagen til deres "besøg", puttede professoren, der hidtil ikke havde forandret stilling, resolut lommetørklædet i baglommen og viste med en håndbevægelse hen

17

imod et lille værelse i baggrunden, idet han kort bad patienten gå derind og klæde sig af.

"Jeg skal da straks være hos Dem," tilføjede han og gav det blanke lille instrument et sidste strøg med pegefingeren, inden han satte det i et etui på bordet.

Ane så spørgende på Simon; hun var blevet blodrød. Men da denne efter en kort betænkning nikkede, gik hun langsomt over gulvet og forsvandt ind ad døren.

Der blev et øjeblik stille i stuen. Professoren gav sig til at blade i nogle blanketter, på hvilke han nu og da gjorde en optegnelse. Men da han pludselig vendte sig omkring og uden et ord gik ind til Ane og lukkede døren efter sig, fór der et underligt stød gennem Simon.

Han trådte et halvt skridt frem, greb fast med hånden om en stoleryg og lyttede åndeløs. Nede fra gaden steg lyden af fodtrin, vogne og sælgekonernes skingre stemmer op til ham. Men derinde var alt stille. Kun af og til lød en dæmpet raslen af instrumenter.

Hans ben blev så underlig tunge. En kold, prikkende sved trådte frem på hans pande. Efterhånden begyndte stuen med skilderier, bøger, tæpper og vinduer at løbe rundt for hans øjne, og da han til sidst mente at høre et lille undertrykt skrig derinde fra, måtte han sætte sig på stolen for ikke at falde.

Endelig viste professoren sig.

Tilsyneladende uden at tage notits af Simon, der hurtig havde rejst sig, gik han hen for at vaske sine hænder bag et tæppe i en krog af stuen. Men idet han derpå, tørrende sig i håndklædet, gik frem og tilbage over gulvet, så han nu og da hastig under de sænkede bryn hen på ham, når han ikke mærkede det.

Simon turde intet spørge. Han stod blot og lod fingrene gang efter gang gå gennem sit varme hår, mens blikket uroligt og rådvildt flakkede om i stuen.

Omsider kom Ane.

Men da var også al forklaring unødig. Hun var bleg som et lig, tænderne klaprede i munden på hende, og hun undgik hans øjne.

Simon vaklede et skridt frem, med hånden i den indvendige brystlomme.

"Hvor ... meget ...?" stammede han.

"Otte kroner," svarede professoren henne fra vinduesfordybningen - med en stemme, hvori man kun vanskeligt skulle kunne spore den dybe medlidenhed, der lå i det blik, hvormed han ufravendt betragtede dem, mens han lod, som om han pudsede sine negle.

Simon famlede med sine tykke fingre i tegnebogen og talte pengene op.

"I fald De kun har små midler, så koster det intet," sagde derpå doktoren meget stille.

Men Simon rystede på hovedet, og de gik.

Professoren blev stående lidt, støttet med ryggen mod vinduesposten, og faldt et øjeblik i tanker.

"Den næste," råbte han så og stillede sig atter midt ud på gulvtæppet for at tage imod.

Nede på gaden stod Polle, den langskæggede, og ventede med køretøjet for straks at føre Simon og Ane hjem. De steg tavse til sæde, og først da de var langt uden for byen, fik Simon mod til at tale.

"Det er vel ikke godt?" spurgte han da, men uden at se på hende.

"Nej," hviskede hun, næppe hørligt.

Han daskede lidt på hesten.

"Det er kanske helt skidt?"

"Ja."

Skønt han havde ventet svarene, gik der dog efter ethvert af dem et stød gennem Simon. Hans blå læber skælvede, og han vovede ikke at fritte mere.

Men da de kom så langt frem, at de over fjorden kunne se bolstedets grønne vinduesrammer og bistaderne langs havehegnet, faldt Ane i gråd. Og da de nåede hjemmet, og den fremmede kone, de havde fået til at passe Eulalia under fraværet, trådte ud med barnet på sine arme, trykkede hun straks dette til sig med en så usædvanlig heftighed, at Simon nu forstod alt.

*

Det var døden.

Langsomt, men ustandselig ville den komme og uden skånsel tage hende med sig over i det store mørke ...

I de første timer efter hjemkomsten gik de sanseløse omkring, ligesom bedøvede af slaget. Men da Eulalia var bragt i seng, og alt omkring dem var stille, satte de sig sammen på bænken ved bordet for at tale roligt om sagen.

Ane genfortalte nøjagtigt og omstændeligt alt, hvad professoren havde forklaret hende angående sygdommens sandsynlige årsag og begyndelse. Om dens videre forløb og navnlig om dens farlighed havde han først intet bestemt villet sige; men da hun trængte ind på ham og begærede fuld og klar besked, havde han til sidst ladet forstå, at hun måtte slippe ethvert håb: allerede efter få måneders forløb ville hendes tilstand efter al sandsynlighed blive uudholdelig. Han havde tilføjet, at hun da kunne indlægge sig til operation på amtets sygehus; men på hendes fornyede begæring havde han atter derom erklæret, at resultatet efter hans anskuelse næppe i noget tilfælde var tvivlsomt.

Da Ane således havde lettet sit hjerte for Simon, var det, som om hun straks fandt mere ro; og allerede i løbet af et par dage genvandt hun helt sin fatning.

Blot kom der over hende en besynderlig, stille-febrilsk travlhed, der tidlig og sent drev hende rundt i huset, i kælder og på loft; skønt hun snart kun med besvær kunne bevæge sig. Hun forstod, at nu måtte hun for alvor samle sig sammen og ikke lægge hænderne i skødet for den korte tid, hun havde tilbage. Der var så meget at udrette, så mange ting at indhente, om hun skulle nå at efterlade alt, således som hun ønskede det. Hun undte sig til sidst næppe hvilen, men sad ofte langt ud på natten og efterså Simons og Eulalias klæder, bødede deres linned, optalte sit eget tøj og samlede det stykke for stykke nede i skuffer og kister, så at alt lå rede, og enhver ville kunne finde sit, når hun ikke mere var hos dem.

Imidlertid gik det i et og alt således, som professoren havde forudsagt.

Uden egentlige smerter følte Ane sin tilstand, som om der et sted inden i hende lå en tung klump bly, der for hver dag voksede. Hendes mave svulmede op som på en frugtsommelig, og knæene blev svage og svigtende.

Men aldrig kom en klage over hendes læber. Da hun først var blevet fortrolig med tanken om at skulle dø, fandt hun sig rolig deri som i en ting, der nu engang ikke kunne blive anderledes.

Kun en dag i den første forårssol, da hun vovede sig en tur rundt i haven og så de skydende knopper og skud, hvis flor hun aldrig mere skulle frydes ved, løb hendes store øjne over, men uden gråd.

Til sidst svandt hendes kræfter med rivende hast. Hun blev ganske sammenbøjet, sådan som gamle folk, ansigtet gustent og benene så tykke og svage, at hun kun med nød og næppe kunne slæbe sig frem, når hun støttede sig til væggene. Men lige til det sidste ordnede hun med egen hånd alt i køkken og stue som sædvanlig, uden at ville tillade fremmed hjælp, så længe hun endnu var i huset.

Endelig, en aften i maj, sank hun tungt ned på en stol i stuen, trykkede hånden ind i siden og sagde: "Nu - Simon ... nu tror jeg, jeg må lægge ner."

Lidt efter rejste Simon sig fra sin plads for bordenden og gik ud for at ordne alt til afrejse den næste morgen.

Ude i stalden drejede den langskæggede flere gange ligesom forundret hovedet om imod ham. Men han snublede også tre gange over grebningen og glemte til sidst lygten i loftet, da han gik.

Kun én gang i løbet af natten kastede Ane sig i angst ind til Simon. Ellers lå de stille og tavse og holdt blot hinanden i hånden.

De havde talt ud om alt. De var blevet enige om en kone fra byen, som skulle være hendes stedfortræder i huset, og Ane havde sagt ham, hvor alting var at finde, og hvorledes de i alt skulle forholde sig dermed.

Ud på natten vendte hun sig en gang om mod ham og kaldte hviskende.

"Simon... sover du?"

"Nej - Ane."

"Jeg har glemt at sige dig, at Eulalias røde hoser ... de nye, du véd ... de ligger oven på lagnerne i kisten ... de må ikke vaskes i sodalud - kan du huske det?"

"Det skal jeg nok, Ane!"

"Ja, så er der ikke mere."

Tidlig om morgenen havde Simon Polle spændt for vognen, der skulle køre hende til amtets sygehus.

Den fremmede kone kom og gav sig straks til moderlig at kæle for Eulalia, som stod i en krog med fingeren i munden og åbenbart slet ikke forstod, hvad der gik for sig.

Ane sad fuldt påklædt og i en tyk hvergarnskåbe på en stol midt i stuen og lod blikket flakke om, som for at sige farvel til det alt sammen. Hun var rolig og fattet, indtil hun skulle tage afsked med barnet. Da måtte Simon og den fremmede kone til sidst føre hende bort og løfte hende op i vognen.

Men endnu langt henne på vejen kunne hun høre barnet, der skreg efter hende.

Tredjedagen derpå kom Simon tilbage med et gravkors og en lang, sort kiste, hvori Ane lå.

Søndagen efter blev hun begravet oppe på kirkegården. Flere af byens folk fulgte hende, og præsten talte varmt om de smukke skriftens ord: Herrens nåde er over al måde.

Nådsensbrød

Der stod en eftermiddag et stort spektakel omme i smø-
gen bag gadekæret, hvor fire-fem sorte indsidder-rønner
ligger sammenbyltede under Skolebakken.

Anledningen var vægtig nok; det var Stine Bødkers, der
skulle på "kassen".

Dette er den folkelige betegnelse for herredets store,
nyopførte fattig- eller arbejdshus, der er hele egnens
stolthed og pryd. Nu skal man i sandhed også kun vanske-
ligt kunne tænke sig noget mere fjernt fra disse gamle,
smudsige og stinkende sognefattiggårde, hvor man i sin
tid stuvede folk sammen på må og få og lod dem leve
efter forgodtbefindende. Helt kongeligt ligger dette på
toppen af en kratbevokset banke ud mod fjorden - muret i
rødt og gråt, med spir på gavlene og majestætens navne-
chiffer funklende i guld på blå grund over indgangsdøren.

Fremmede, der kommer forbi på vejen, vil sikkert ikke
anslå det til mindre end et ting- og arresthus, et kgl. tugt-
hus el. lign.; og mere end én besindig mand, der træder
inden for det jernbespigrede plankeværk og betragter de
mægtige trappegange, varmeapparaterne og de dekorerede
lofter, ryster betænkelig på hovedet og ymter om overdri-
velse.

Det skulle da netop være, at han kom op i en af de store
sale, hvor lemmerne sidder rækkevis på små halmsæder
under vinduerne og fletter sivmåtter og binder kurve -
mændene og fruentimmerne hver i sin fløj. Der er altid
noget eget uhyggeligt ved synet af en sådan forsamling af
gamle, livstrætte mennesker, hvem tilværelsen intet læn-
gere har at byde - især, hvor livets lange kummer har sat
så dybe mærker af tilintetgørelse som blandt disse.

Det er de udslidte kræfter, de forkomne eksistenser fra
herredets hytter og huler, der samles her inde imellem
disse mure, når hånden bliver for svag og ryggen for kro-

get til længere at bære livets byrde. De sidder nu her, ens i dragt, med pletfrit linned, og så kæmmede og renvaskede, som de næppe nogensinde har tænkt at skulle blive det i denne verden - men tillige så stille og underlig eftertænksomme, som var virkelig også allerede evigheden begyndt for dem her i disse store, højtidelige rum, hvor lyset falder ind som med en overjordisk glans, mens hver mindste hosten og harken giver genlyd under de høje lofter som i en kirke.

Tavse og andægtige flytter de deres stive, krogede fingre i det uvante arbejde, fæster simen i halmen, knytter på og trækker til, time ud og time ind med samme mekaniske regelmæssighed som uret i dets evige perpendikelvandring henne i krogen - kun nu og da skræmt op ved lyden af inspektørens knirkende morgensko, når han nærmer sig op ad trapperne. Der går da et ængsteligt sæt ned gennem rækkerne. Og idet hans store Gud-Fader skikkelse viser sig i døren, dukker alle de gamle hoveder dybere ned over måtterne.

Den eneste oplivende afveksling i denne lange dags ensformighed er madklokkens klemten. Så snart denne lyder, rejser alle sig op fra sæderne, børster omhyggeligt halmstumperne fra skødet ned i den reglementsmæssige lille bunke på gulvet og begiver sig ud på trappegangen, hvor en opsynsmand ordner dem i rækker på to og to. Ved et givet tegn afmarcherer de derpå ned til køkkenlemmen, hvorfra de lidt efter stiger op med en krukke forsigtig mellem hænderne og trækkene ligesom optøede af den varme, liflige damp, der står dem op om næserne.

Om morgenen er det en halv pot kogt, opspædet vand, øl kalder de det her - og et kvartpund tørt rugbrød, hvilket sidste de ihærdigt og begærligt sutter i sig med de tandløse gummer, idet de flittigt bløder det i vandet. Til middag er det vælling og en sild, eller grøn søbekål med roer og kartofler - samt duften af inspektørens bøf, når de på deres

25

krukke-march stjæler sig til et øjeblik at standse ud for døren til det private køkken. Flæsket serveres til midaftensmåltidet sammen med endnu en skive tørt rugbrød og en halv krukke mælkevand, hvorpå opsynet gør en runde gennem stuerne for at påse, at intet unødigt bortspildes eller overflødigt forputtes.

Overhovedet går alt for sig med en præcision og orden, der må kaldes mønsterværdig. Fra lemmerne om morgenen klokken fire purres op af sengene og indtil den reglementerede aftenmønstring, hvor blandt andet dagsarbejdet udmåles og bedømmes, hersker der en punktlighed og disciplin, der ikke kan være bedre på nogen kaserne.

Man forbavses over den - man kunne næsten sig unaturlige - adræthed, hvormed disse gamle, skørhovede mennesker overalt og ved enhver lejlighed véd at finde deres pladser og kende deres pligter. Selv de genstridigste gemytter og urimeligste særlinge - og hvor findes de oftere end blandt skrøbelige gamle! - slibes i løbet af mindre end fjorten dage til de villigste og føjeligste led i mekanismen og præsenterer sig straks på den første udgangsdag for verden med dette ugengivelige fællespræg af slunken og renvasket tamhed, der karakteriserer dem alle fuldt så vel som selve den grå vadmelsuniform.

Nu må det sikkert også af alle erkendes, at man i den nuværende inspektør har fundet en mand, der i en sjælden grad er som skabt til den stilling, han er sat til at beklæde.

Stor og værdig, så selv gulvene skælver under hans trin, - med en gammel underofficers hele fugtige majestæt og upåvirkelige koldblodighed fører han styret med fast og kyndig hånd. Rolig og med en holdning, som kunne han have slugt et spanskrør eller i det mindste havde et sådant skjult under sin tæt tilknappede frakke, vandrer han daglig sine rundture op igennem trapperne og hen igennem salene for med sin enestående evne til at opdage hver mindste

26

uregelmæssighed eller ringeste forsømmelse at udøve anstaltens reglementsmæssige justits.

Til den ende findes nede i kælderen en række små, mørke, vel aflåsede rum - "brummerne" kaldet - hvor synderne sættes ind til en træbriks, en halmsæk og et nyt Testamente for dér et par dages tid i ro at overveje og angre deres brøde ... en straf, for hvilken inspektøren som gammel militær har en naturlig forkærlighed, og til hvilken han af egen krænket pligtfølelse endnu føjer afknapning på madrationerne til fordel for sin snart helt navnkundige præmieso "Gine".

Det kan nu efter alt dette ikke forbavse, at denne anstalt fra alle sider berømmes som en virkelig mønsteranstalt, der på samme tid er herredet til ære og økonomisk for sognekasserne. Det er ingen overdrivelse, når inspektøren med selvfølelse betror den fremmede, som han forekommende viser rundt i den vidtløftige bygning, hvorledes dennes indretning og hele eksemplariske levevis har dannet forbilledet for både et og to lignende barmhjertighedsasyler i de nærmeste herreder. Ja, hele landet over ligger der brødre og søstre, der næppe på noget punkt står væsentlig tilbage, men træk for træk viser oprindelsens inderlige fællesskab - lige til dette med majestætens navnechiffer som et betryggende segl over indgangsdøren.

Besynderlig nok synes imidlertid herredets fattigfolk slet ikke at sætte pris på dette palads, hvormed man så rundhåndet har betænkt deres gamle dage. Det er endda næppe for meget sagt, at dets blotte nævnelse kan få selv den stærkeste pundtærsker til at blegne.

Sandsynligvis havde heller ikke Stine Bødkers forstået tilstrækkelig at skatte dets sindrige ventileringssystem og smukke arkitektoniske linjer. I alt fald: da man hin omtalte eftermiddag kom for at afhente hende, og den enspænder fjællevogn, der var tilsagt til at foretage flytningen, holdt uden for hendes dør, var hun på ingen måde at formå til at følge med, og da de ville bruge magt, satte hun sig til modværge med en sådan lidenskab, at hendes skrig kaldte folk til overalt fra byen.

Der blev et frygteligt røre. Den halve smøge stod til sidst fuld af alle slags tililende; og igennem tilråb, latter, hundegøen og de netop hjemslupne skolebørns jubel hørtes Stine inde fra sin stue at skælde, bande og skrige, sådan som kun en drukken og splittergal kælling har vejr til det.

En brøstfældig slagbænk, en ormegnavet kiste og forskelligt gammelt småskrammel - hendes hele bohave - havde man med møje fået fravristet hende og praktiseret ud af vinduerne. Og gennem disse, der endnu stod åbne, kunne man udefra se hende vandre rasende og med truende fagter frem og tilbage i det tomme rum.

Det havde for øvrigt i den senere tid ikke været noget usædvanligt syn for byens folk at se Stine i en sådan ophidselse. Hun havde forhen været en skikkelig og stræbsom kone, der efter sin mands død havde ernæret sig selv og mange børn ved redeligt arbejde i roe- og kartoffelmarkerne og overhovedet overalt, hvor man havde brug for en stærk, bred ryg og et par rappe næver. Men siden forgangen høst, da hun kvæstede sin hånd i et damptærskeværk, og under den fortvivlede kamp for tilværelsen, hun derefter havde måttet føre, var hun bestandig oftere tyet til fattigfolks store trøster, til brændevinens barmhjertighed. Fra det øjeblik det blev hende klart, at al modstand var forgæves, og at arbejdsanstalten alligevel ville blive hendes sidste asyl, slap alle tøjler hende af hænde; ... og nu gik hun derinde som et vildt dyr over gulvet, skrækkelig tilredt, med huen gledet bag ad den halvskaldede isse og oversmurt med skarn.

En flok støjende mænd og karle, der havde samlet sig i døren, søgte på gemytlig vis at tale hende til rette. Men hver gang en af disse nærmede sig eller blot strakte hånden ud imod hende, krummede hun sig sammen af raseri og stampede i gulvet. Nu og da gik hun hen til vinduet og spyttede ud på drengene, der skreg - og da ville skrålet ikke standse.

Endelig kom sognefogden, som man havde sendt bud efter.

Han kom lige fra tærskeloen - hidsig og varm - med avner hængende i håret og i sine nye grå vadmelsbukser.

Han trængte sig hastig gennem sværmen og ind i stuen, hvor han blev stående midt på gulvet med skrævende ben og hænderne i siden.

Da det omsider gik op for Stine, hvem hun havde for sig, blev hun med ét ganske stum og blegnede. Langsomt og skulende trak hun sig derpå tilbage over gulvet, indtil hun standsede i den inderste krog ligesom i en forsvars-stilling.

Fogden fulgte hende, med øjnene hæftet på hende og hænderne urokkelig i siden.

"Du vil vel ikke lægge hånd på fogden", sagde han en-delig.

Der var nu fuldkommen stilhed ude og inde. Stine var sunket i knæ. Hun holdt ligesom afværgende de sorte, magre, rystende hænder frem foran sig, medens kæberne klaprede som for at tale. Men der kom ingen lyd. Kun øjnene - små, sorte, rædselsslagne under den rødplettede pande - hvor de bad!

Det var et grufuldt syn.

Fogden trådte endnu et skridt frem for at tage fat i hen-de. Men i det samme lød det med en rusten jernstemme ude fra mængden: "Å - lad hende være, du!" ... og straks efter med tre fire forskellige røster det samme tilråb: "Lad hende være lidt!"

Sognefogden vendte sig ikke. Han havde formodentlig genkendt lange Zacharias Smeds stemme. Men med et pludseligt hastværk fik han ved hjælp af et par hosstående

29

karle Stines hænder og fødder bundet, hvorpå hun hurtig af fire mænd og under skolebørnenes fornyede skingren bares ud gennem døren.

Der er intet mål for, hvor hun skreg. Det var et skrig, der syntes at måtte nå ud til verdens ende og helt ind i himlens riger ... I døren brast snoren om hendes fødder, og hun begyndte rasende at sparke omkring sig. Da blev der latter blandt de unge karle, der stod hos. Men i en fart fik fogden hende smidt ned i vognhalmen, et par mand sprang op, kusken smækkede på hesten ... og vognen rumlede af sted.

Så var det forbi, og folk skiltes roligt.

Fogden og den lange Zacharias Smed vekslede i forbigående et fast øjekast. Derpå gik de hver til sit.

Lidt efter kom provsten kørende gennem byen i sin magelige landauer.

Formodentlig må han have haft fornemmelsen af noget usædvanligt; thi da han kom til gadekæret, hvor skolebørnene endnu stod forsamlede, lod han vognen holde og spurgte, hvad der var på færde.

Og som med én mund og med huen i hånden svarede da de små i deres uskyldighed: "Det var bare Stine Bødkers, der kom på kassen!"

30

Ane-Mette

Den vej, der fra Lillelunde By går mod vest, bugter sig først på en strækning af næsten en fjerdingmil hen over fladt og frodigt land med spredtliggende gårde og grønne agre. Derpå kravler den møjsommelig op ad en svær, knudret og ufrugtbar højderyg, der temmelig brat hæver sig fra slettelandet, og når omsider gennem flere svingninger dennes højeste punkt, hvor den gamle kampestenskirke ligger ensomt og frit med sin murindhegnede kirkegård.

Den ligger deroppe på den nøgne pynt, mellem rævehuler og lærkereder, - syngende sine daglige morgen- og aftensange med klar, indsmigrende røst, der i stille vejr høres ned over sletten, men faldende ind med stærkere og malmfuldere stemme, hver gang en af de Lillelunde folk gør sin sidste, langsommelige kirkefærd op igennem hulvejene, ... en stor (til 4 mark og 8 skilling) for bønder og velhavende håndværkere, samt en mindre (à en gammel rigsort = 24 skilling), til hvis lidt mere sprukne toner husmænd og jordløse indsiddere beskedent ager op til deres fædre, ... for nu slet ikke at tale om hine fattige stympere, der - ligesom ad en bagvej - listes over i evigheden uden andet musik end præstens amen og grusets tre hule bump på det tynde kistelåg.

Selve kirkegården er nøgen og uhyggelig - oprevet af vestenvinden, der her uhindret kaster sig ind over gravene. Men rundt omkring åsen breder landet og fjorden sig i milevid forening for ens øjne, og i vest - hvor brinken sænker sig stejlt og vildt - skuer blikket ud over en stor, inddæmmet, nu ganske tilgroet fjordvig eller "have", fyldt med høje rør og tæt siv, over hvis mægtige flade der i det sildige efterår lægger sig de vidunderligste toner af gult, rødt og orange, og hvorfra der navnlig ved aftenstid, når solen går ned dér langt borte bag de blånende højder, sti-

ger et næsten øredøvende spektakel af fugleskrig: af æn-
der, rødben, storke, viber, rørdrummer, gæs ... et virvar af
hundreder af stemmer, der som en Helvedes koncert træn-
ger herop i de øde højders paradisiske fred.--

En meget varm sommerdag sad en midaldrende kone
her uden for kirkegårdsporten under en gammel hylde-
busk, i hvis tynde, blå skygge hun havde søgt ly for den
ubarmhjertige sol, der stegte ind over gravene.

Hun sad i sørgehætte og sort sjal og støttede den noget
lange, fremskudte hage i hulingen af en knoklet, tørve-
brun, af arbejde mishandlet hånd, mens hun - hensunket i
tanker - stirrede ud over fjorden.

Det var en kone, der var både godt og vel kendt i hele
egnen, hvor hun almindeligvis gik under det besynderlige
navn: Niels Nilens Brud.

Hvor hun egentlig stammede fra, hvem hun oprindelig
tilhørte, og hvad hun ellers hed, havde man næsten helt
glemt. Thi både navn og berømmelse skyldte hun udeluk-
kende sin for fire år siden afdøde mand, Niels Nilen, der -
skønt han blot var en fattig fisker, som endda kun såre
sjældent fiskede - havde erhvervet sig en navnkundighed,
der sikkert endnu længe ville overleve ham.

For at forklare dette vil det være nødvendigt, men ikke
tilstrækkeligt, at oplyse, at Niels Nilen drak. Thi denne
egenskab havde han tilfælles med enhver uberygtet lille-
lunder over konfirmationsalderen. Der må i alt fald tilfø-
jes, at Niels Nilen så godt som helt og udelukkende levede
af brændevin, ja at hans lille indskrumpede, af spiritus
ligesom gennembrændte legeme til sidst ikke var modta-
geligt for almindelig menneskelig føde, så det var en sand
ynk at se, med hvilket besvær han pinte selv den mindste
krumme brød ned gennem sit sammensnerpede svælg.

Kommer nu hertil, at han ikke des mindre var et kvikt
hoved, med en altid slagfærdig tunge og en uopdrikkelig
galgenhumor, samt at han endnu efter sin død fejrede den

- man kunne sige videnskabelige - triumf, at distriktslægen henrykt og yderst forsigtigt udskar hans lillebitte, seje og næsten kuglerunde mave, der derpå som en sjælden og kostelig skat anbragtes i et glas med spiritus og senere under almindelig beundring fremvistes ved en stor lægeforsamling i København ... så vil det sikkert næppe længere forbavse, at han af lillelunderne dyrkes som en slags sognehelgen, en stedlig heros, hvis forskellige vidunderlige bedrifter, eder og slagord endnu samvittighedsfuldt opbevares til beundrende ihukommelse.

Nu var de også absolut enestående - de masser af alskens brændbart stof, der daglig kunne løbe igennem ham; og det var næsten utroligt, hvad han kunne hitte på af list og kneb for at komme i besiddelse af dem.

Han havde blandt andet lært sig en egen uimodståelig måde, på hvilken han "fløjtede" sig til den første snaps, "hanegalede" sig til den anden, "græd" sig til den tredje osv. For en halv pægl hoppede han gulvet rundt som en skade, for en hel spiste han en lus; og når han gik omkring i gårdene med sine fisk - som andre havde fanget - var det hovedsagelig for på denne vis at erhverve sig sit "ene fornødne" - som han selv rent ud og med en ydmyg gebærde kaldte det.

Men kom først drikkelysten rigtig over ham, var denne vej ham for trang. Da flåede han bogstavelig den sidste las af sine egne børn og plyndrede huset for at blive tilfredsstillet.

På sådanne dage så man ham da gerne slingre rundt i sognets byer - snart med en gammel stol, en kaffekværn, en af konens særke, en stegepande, et par børnetræsko eller et stykke børnetøj - ting, han havde røvet fra hjemmet, og som han nu med megen pudsig snak og gestikuleren falbød omkring i gårdene ... altid til en og samme pris á 9 øre pr. styk, for hvilken sum købmanden nemlig solgte pæglen i sin butik.

Først når han på denne måde havde drevet om - undertiden i flere døgn - og næppe længere kunne støtte på benene eller se ud af øjnene, samlede han sig sammen med en kraftanstrengelse, strøg sig med sin underlige lille, visne hånd henover den store, knoppede og mørkerøde næse, der som et uhyre jordbær tronede midt i det blåviolette ansigt, og sagde hikkende til den hujende ungdom, der gerne fulgte ham gennem byerne: "Nu si'er jeg godnat, godtfolk! Nu går jeg hjem til min brud!"

Det var dette hans sædvanlige udbrud, der i sin tid havde givet anledningen til det navn, som konen endnu bar.

Men dengang var der ellers kun såre få, der havde en tanke tilovers for den stakkels mor, som sad ude på marken med fire børn i en gammel, faldefærdig hytte og hjælpeløst kæmpede sin stumme kamp på liv og død for sig og sine rollinger.

Ingen anede, hvor hun havde stridt og tumlet - dage og frygtelige nætter - med dette vanvittige menneske; ... ingen, hvad hendes ærekære hjerte havde lidt i denne forsmædelige elendighed.

Endnu sad de dybe mærker af disse mange års lidelser og savn i det lange, ubevægelige, noget maskeagtige ansigt, i dette lille duk af det tunge hoved, i de brune, ilde tilredte hænder og i øjets stumpe, underligt følelsesløse blik.

Fire år var nu forløbet siden den lykkelige vintermorgen, da man bragte hende mandens stivfrosne lig. Men hun var dengang allerede sløvet, hendes modstandskraft brudt. Og når hun senere nu og da tænkte tilbage på sit forgangne liv, da var der egentlig kun ét billede, ét lille minde, der kunne sætte hendes hjerte i bevægelse og bringe en tåre i hendes øje under en dump følelse af smerte.

Det var mindet om hin mørke, tågede novemberaften for over tyve år siden, da manden fik sit første alvorlige deliriumsanfald og af fire karle fra byen blev bragt hjem til det lille hus på marken i denne sørgelige forfatning, thi da lå der i et hjørne af stuen, mellem halm og pjalter, en lille, mager tre års pige med store, skinnende øjne og stred med vejret. I løbet af natten, mens moderen og nogle naboer tumlede med det vanvittige menneske, døde hun stille hen ... ingen vidste bestemt hvornår, - ja ingen ænsede det rigtig i den almindelige elendighed. Straks om morgenen blev hun bragt ud af huset for ikke at være i vejen... og ingen tænkte mere på hende. Først da mandens værste rasen var ovre, blev det den stakkels mor rigtig klart, hvad der var sket. Men selv da - og mange, mange år derefter - var hun for fortumlet af nød og skam til blot et øjeblik at kunne samle tankerne om sit tab og begræde det.

Senere havde hun ofte forgæves søgt at tilbagekalde i sin erindring dette barn, hvis korte liv dog havde været et af de få lyspunkter i hendes eget. Bestandig syntes det hende, som havde hun noget at gøre godt over for denne sin førstefødte, ved hvis dødsseng ingen tåre havde flydt, og af hvis billede end ikke det mindste træk var blevet bevaret i hendes modersjæl.

Således sad hun også nu på denne varme sommerdag og stirrede tankefuldt ned over den lange, bugtede kirkevej, ad hvilken det lille lig i hine mørke novemberdage var blevet bragt herop af fire fremmede mænd for stille at puttes i jorden.

Ved siden af hende stod hendes yngste barn, en bleg, lille pige på elleve-tolv år, der så sig forskræmt omkring med et par store, runde, mørkeblå øjne.

Også hun var pyntet i en fattig stads, med alt for store, grå tøjstøvler på fødderne og en alt for lille, gul stråhat med skotske bånd. På armen hang en krans af mos og evighedsblomster.

Hun rørte sig ikke fra moderens side og syntes spændt at lytte - snart efter en skovl, der arbejdede inde på kirkegården, snart efter fugleskriget fra fjorden, når dette med ét forstærkedes og skar op igennem stilheden.

Pludselig fór hun sammen ved lyden af en underlig tør hoste, der kom nede fra bakkehældet. Hun greb moderen i skørtet; og lidt efter dukkede en lille, hvidskægget gamling, med en kurv lavet af pilekviste over nakken og en stav i hånden, harkende og kremtende op over vejen.

Han gik på gamle folks vis og småsnakkede med sig selv og så hverken mor eller datter, før han befandt sig lige ud for dem. Men da standsede han også med et forundringsråb og bøjede sig smilende frem over stokken, idet han med begge sine store hænder støttet på den trykkede den dybt ned i vejsandet.

"Ih, nej, hilledød! ... Skal man træffe jer her, Elsebeth!"

Konen havde straks betragtet ham med et kort, sky blik; men nu sad hun atter i sin forrige stilling med hagen i hånden og så ufravendt ud over sletten.

"Ja," sagde hun kort.

"Der er da itte" - han kiggede nysgerrig hen på hende med et par små, mørke, frittende øjne - "Der er da itte sådden... hændt no'et... hva'?"

"Næ."

"Der er da itte sådden ... no'en af jeres, der sådden er gåen... hen og dødt, hva'?"

"Næ."

"Eller af familjen?"

"Næ."

"Nå-å - det var da godt det samme. Ja, mænd var det så, hm! hm! ... Men-n - jeg tykkes - du er i kisteklæ'erne, Elsebeth?"

Konen svarede først slet ikke. Men derpå så hun ned og sagde, idet hun ligesom lidt forlegen glattede på et par sorte sjalsfrynser i sit skød: "Å ja - det er da endelig også noget tøv" .. Og lidt efter lagde hun til: "Det er en bitte pige af vort, der skal graves op i dag."

36

"Nå-å! Så-å! ... Ja, se det er jo en sag for sig. ... Så er det sagtens Anders Jensens den små Kjesten, der skal puttes ner der?"

"Ja. Vi har jo itte ret over'et længer, si'er de, og så..."

"Ja, jeg kunne tænke det. Det er jo en hel omstændighed med at få det bitte pus i jorden, efter hvad der siges. Ane Klokkers var indenom ved vor mor i aftes, og hun fortalte, at der skulle kimmes. Men mon det dog også kan ha' sin rimmelighed?"

"Det kan'et vel nok."

"Ja sikker og vis er det, at både provsten og provstinden er buden til gildes - og doktoren med, kan jeg forstå - for han har da allefals hisset flaget li'esom de andre. ... Nå, Anders Jensen har jo gaverne til det - og til mere end det, om det skulle være. Men det er pinedød itte alle, der kan gi'e deres børn en sådden begjængelse."

"Å nej," sagde Elsebeth, ligesom på ny i tanker.

"For resten var det da løjerligt nok," fortsatte den gamle, idet han bestandig mere nyfigent mønstrede hende med de sammenknebne øjne. "For det vidste jeg slet itte om, at I havde småfolk her på kjerregåren, Elsebeth."

"Å nej såmænd," svarede denne langsomt og så atter ned over sletten og kirkevejen. "Det er endelig itte så underlig... det er knap nok, man husker det selv."

"Ak ja, sådden går'et," sagde han og rystede på hovedet. "Der kommer jo så meget imellem og så mange andre etter - og årene går ... Ak ja - jeg kjender det jo, jeg også... Var det så kanske en bitte dreng, Elsebeth?"

"Nej - det var en tøs!"

"Herre Gud! Var det en tøs! Ja, se det var jo en sag for sig ... Ih nej! dér har vi jo bitte Lotte," henvendte han sig derpå til den lille pige, der med alle tegn på utålmodighed trykkede sig ind imod moderen.

Denne tog hendes hånd og klappede den i smug.

"Ja - man fik jo ingen ro for hende, før hun fik lov at komme med. Hun ville partout se sin søster, sa'e hun."

"Ja, det var jo da så rimmelig. Hun har jo aldrig set hende før, kan jeg forstå ... for det må da så være mange år siden, at det bitte kræ gik hen og døde fra jer af?"

Men da Elsebeth slet intet svarede hertil, studsede den gamle. Derpå trak han sine buskede øjenbryn langsomt i vejret, og da han en stund havde mønstret hende, snuste han betænksomt gennem sine store næsebor, som om der pludselig gik et lys op for ham.

"Ak ja, ja," sukkede han derpå. "Verden er itte af smør - som man si'er. Tit tykkes man jo, den kunne være anderledes. Men det er sagtens netop sådden, at Vorherre vil ha'e den. Og så er den tænkelig nok bedst sådden."

I det samme blev der kaldt inde fra kirkegården.

Den gamle bød farvel og fortsatte harkende og hostende sin vej ned over åsen, men Elsebeth tog stiltiende barnet ved hånden og gik ind imellem gravene.

Herinde, omtrent i midten af den nøgne kirkegård, var to mandfolk beskæftigede med hakke og skovl.

Den ene - en rigtig lillelunder i Niels Nilens billede: skrutrygget, korthalset, med et bredt galgengrin i det brændevinsrøde ansigt - stod nede i graven og kastede gruset op til den anden, der atter skovlede det sammen i høje bunker langs de to sider.

Denne var en lang, opløben og søvnigudseende fyr, der smilte dumt, hver gang den ældre med sin gnævrende stemme fortalte en eller anden morsomhed nede i graven. Men netop som Elsebeth nærmede sig, satte han sig på hug ved randen af det næsten færdiggravede hul og betragtede et stort, brunt, tandløst dødningehoved, som den anden holdt mellem hænderne.

Da nu også Elsebeth var nået derhen, stirrede de alle tre en stund på det - og derefter på hinanden i stum forbavselse; medens den lille Lotte - blå i kinderne - krampagtigt greb i moderens skørt.

"Hva' er den af," brummede endelig den unge med gravdyb stemme.

"Ja ... det kan da inte være henner," sagde den anden. "Det var jo kun en bitte en ... inte, Elsebeth?"

"Jo, hun var tre år," svarede denne.

"Jamen, så ligger hun jo slet inte her."

"Jeg véd itte .... det har dog Ane Klokkers altid sagt."

"Top!" udbrød pludselig manden i graven og rakte fingeren i vejret. "Nu har jeg ham! Det er dælen! ... hm! ... Det er Gud hjælpe mig den gamle Lars Brede fra Lynggården."

"Hvem er'et?" spurgte begge de andre.

"Kan du inte huske, Elsebeth ... Anders Mortens svigerfar, ham den gamle La's med træbenet, som kom på fattiggården og døde af de her kopper. Han var i graven her før jeres tøs, ... Kan du inte huske det, Elsebeth? ... Ja, da er det sikkert nok, for jeg var selv med til begjængelsen."

Elsebeth rystede på hovedet. Hun kunne ingenting huske.

Men nu spyttede manden i næven, drak sig en slurk af en trepægleflaske, der stod nede i et hjørne af graven, og tog fat med fornyet kraft... og mellem grus, sten, kistestumper og knoglerne af et fuldvoksent menneske kom nu snart et, snart flere små, spinkle barneben frem for lyset.

Elsebeth stod rolig, en smule bleg, og fulgte opmærksomt skovlens regelmæssige vandring fra gravens mørke op i det skinnende sollys ... Først da en irret knap på en stump halsbånd, som hun syntes at genkende, kastedes op med gruset, gik der et stød igennem hende; og da hun lidt efter fik øje på en lok af tørt, mørkerødt hår, var det, som om pludselig barnets billede lyslevende steg op for hendes sjæl, og et par store tårer trillede ned ad hendes runkne kinder.

Så lagde hun sig snøftende ned på knæ ved graven og gav sig til varsomt at samle stykke for stykke af de små barneben op i sit forklæde.

Da hun havde fået det fuldt, bøjede den lille Lotte sig ængstelig frem imod hende og spurgte hviskende: "Mo'er... er det søster Ane-Mette?"

Men i det samme peb kirkegårdsportens hængsler, og Ane Klokkers med fire karle fra byen kom røde og forpustede ind med madkurv og ølflasker.

"I må skrubbe jer ... nu kommer de!" råbte en af karlene til graverne, mens klokkerkonen åbnede ind til tårnrummet, hvor de derpå alle forsvandt ind ... og lidt efter rungede de første toner af den dybe malmfulde dødsklemten til fire mark og otte skilling ud over dalen.

Dernede kom nu ganske rigtig ligtoget dragende ud fra den flagsmykkede by ... skridt for skridt og vogn på vogn i en overskuelig række. Først selve den blomsterdækkede kiste på en nymalet fjedervogn, derpå provstens kaleche og alle de andre. I højtidelig sørgemarch sneglede toget sig langsomt hen mellem de frodige agre, hvor køerne på kløveren og fårene i brakken forundret spilede øjnene op over dette skuespil. Alle konerne sad i sorte hætter og med blomsterkranse mellem hænderne; mens mændene - undtagen provsten - havde tændt cigarerne, som de lod dampe bravt efter den solide frokost.

Der gik henimod en time, inden de nåede helt op til kirken.

Imidlertid havde Elsebeth henne i et afsides hjørne under kirkegårdsmuren kradset jorden op under en græstørv og dér under tårer nedlagt hvert lille ben af den stakkels Ane-Mette. Derpå havde hun lagt tørven over, og Lotte havde lagt sin krans derpå.

De var netop færdige hermed, da følget strømmede ind gennem porten.

Det var et stadseligt følge - og blev en stadselig jorde-
færd.

Den lille vimse degn hoppede omkring som en skade,
hviskede og tiskede embedsivrig med provsten, snoede
sig med udtryksfuld deltagelse om den sørgende far og
den hulkende mor og istemte til sidst salmerne med en
sådan kraft og inderlighed, som om han var betalt derfor
... hvad han da for resten også var. Provsten talte først en
stiv klokketime inde i kirken, og efter jordpåkastelsen
talte han helt op til hundrede under den "stille bøn" i hat-
ten. Ja, om det så var kirkeklokkerne, så slyngede de til
slut deres toner op imod himlen med en vælde, som om de
indtrængende ville minde dennes hersker om, at det var
selve Anders Jensens barn, han nu havde taget i sin vare-
tægt.

Men nede på den snoede kirkevej gik nu Elsebeth og
lyttede op til disse klokker.

Hun følte sig så let om hjertet. ... sådan som en, der har
betalt en gammel skyld; og der lå over hendes ansigt lige-
som den trygge fortrøstning om, at dog også en lille stråle
af al denne Guds velsignelse nu endelig havde nået hen-
des stakkels Ane-Mette.

Et grundskud

Der gaves ikke mange fest- og hviledage for husmand og væver Kresten Jakob Hansen, Doller kaldet.

Egentlig var der året rundt kun to. Men til gengæld blev så også disse imødeset med des større spænding og fejret med des større højtidelighed.

Den ene faldt ved kyndelmisse marked, når grisen skulle anskaffes. Den anden gerne lidt efter mortensdag, når samme familiemedlem skulle slagtes.

Den første begivenhed optog i særdeleshed børnenes interesser ganske. Fra det øjeblik, de havde set faderen gøre i stand og rede med halm inde i båsen mellem tørvene, havde de ikke tanke for andet end for den ventede gæst... Ville den blive hvid, eller sort, eller broget? Og hvad skulle den mon hedde?

Men også forældrene var sig helt vel det betydningsfulde i forehavendet bevidst. Når manden i den mørke, tidlige morgenstund klædte sig i den nye vadmelsfrakke, i hvergarnsvesten med hornknapperne og i de blankpudsede støvler for at tage til staden, og mens konen halvpåklædt puslede omkring med tællelyset fra køkken til kammers for betids at få ham hæget færdig - da var der over dem begge noget usædvanlig højtidsstemt og forventningsfuldt, der nåede toppunktet, idet Jakob satte sin lille runde filthat på sit alt for store hoved, tog knortekæppen under armen og for tyvende gang gennemtalte pengene, inden han forsigtig puttede dem ned i en dyb, velknappet lomme under vesteforet.

Nu var det virkelig også en hel vovelig sag, ret egentlig et blindt greb i lykkens store pose, der kunne blive skæbnesvangert for dem alle. Af denne gris, dens voksekraft og evne til at sætte fedt afhang så at sige hele deres eksistens. På den satte de så godt som hele årets velstand ind, lige fra kartoflerne i haven til høstens sædløn. Dens krop var fra jul til jul deres fornemste næring, og ingen spiller kunne med større spænding iagttage lykkehjulets gang end disse folk de første svage "tegn" hos en sådan nysankommen.

De havde endnu ikke glemt ... og de skulle aldrig nogen sinde glemme hint år, da en slughals af en rødbroget galt åd huld og helsen fra dem alle sammen - uden til sin dødsdag selv at blive federe end en skabet kat

Sidste år havde de fået en lille lysegul en, som den ældste af pigerne, der gik i aftenskole hos kapellanen, på forhånd havde døbt med navnet "Sif".

Navnet kunne for resten have været heldigere valgt; thi nogen skønhed var "Sif" egentlig ikke; og der blev da også straks en ikke ringe skuffelse blandt børnene, dengang faderen om aftenen efter hjemkomsten løste op for sin pose og den så længselsfuldt ventede kammerat viste sig på gulvet som en lille tyk og styg, stridhåret tingest, der ganske rolig blev stående midt i stuen og så sig omkring med et underlig adstadigt, ligesom gammelklogt og eftertænksomt udtryk i sit lille gule ansigt. Endog Sidse-Marie, moderen, stod en stund betænksom og betragtede den, indtil hun til sidst ganske forknyt sagde til Jakob, at hun syntes, den så så "indiotisk" ud.

Men Jakob rev sig grinende i sit lange nakkehår og over sin venstre arm. Han var fortrolig med dette usvigelige tegn på fast og urokkelig sindsligevægt, dette ubedragelige kendemærke på et ægte, uforfalsket fedesvin.

Og han blev heller ikke skuffet i sin forventning.

Næppe to måneder gammel gik "Sif" så husvant og fornuftig som en årgammel so sin uforstyrrelige gang frem og tilbage fra ædetruget og ind til halmlejet mellem tørvene; og efter fire måneders forløb hang flæsket den ned ad siderne, så det blotte syn deraf kunne få ens tænder til at løbe i vand.

Det var ganske ualmindelig, som den trivedes. Alt, hvad de ved forenede anstrengelser kunne skrabe sammen af affald, strå eller grønt, gled på en besynderlig stilfærdig måde i den som i en bundløs sæk. Hele sommeren gik børnene omkring med store vabler på hænder og arme, som de fik ved fra morgen til aften at løbe rundt og skære nælder til den langs grøftekanterne. Og da den hen på efteråret for alvor fik lov at tage for sig af kartoflerne og høstlønnens sæd, svulmede den i den grad op, at byens folk, som kom for at se den, enstemmigt måtte erklære, at de aldrig havde set magen.

"Det bli'er hente mig syltetøj," sagde de alle med en i egnen stående vittighed.

Endog Sidse-Marie, moderen, der ellers alle dage havde været en noget indskrænket og forknyt person, hvem megen fattigdom, megen modgang og mange barsler havde gjort end ydermere udkørt og bekymringsfuld, begyndte ligesom at fatte nyt håb til livet. Og Jakob selv sad dagen igennem og smiskede over sin væv og gjorde sig hver anden stund et ærinde ud for at få lejlighed til at forvisse sig om, at klenodiet virkelig endnu lå i god behold i sin bås.

Det var nemlig sådan, at hidtil havde lykken langtfra tilsmilet disse mennesker, der endnu kun med yderste besvær var sluppet tørskoet over livets lumske hængesæk. I den årlige kappestrid mellem byens husmandsfolk angående grisene havde de især bestandig trukket et endog meget kort strå, ja hint ulykkelige år med den rødbrogede galt havde de tilmed fra visse sider været genstand for en skadefro hoveren, der var gået dem svært nær til hjertet, så de siden havde levet meget tilbagetrukket, ligesom i en skal af mistro og bitterhed, som nu først denne sene lykkes sol så småt begyndte at optø.

... Henimod november slagtetid ansloges "Sif" med et rundt tal til 20 lispund (160 kg). Og skønt den nu var så stoppet med fedt, at den næsten ikke mere gad æde, svulmede den ikke des mindre daglig endnu yderligere op.

Det blev til sidst helt uhyggeligt at se på. Det var med nød og næppe, at dyret kunne røre sig, og det lå og gispede og stønnede på sit halmleje, som om fedtet skulle kvæle det.

Endelig blev det da bestemt, at så snart frosten kom i luften, skulle den højtidelige slagtning foregå.

Men en dag forinden stod Jakob inde ved båsen sammen med en af naboerne, der var kommet for endnu engang at tage vidunderet i øjesyn i levende live. Og da denne en stund tavs havde betragtet det med en betænksom mine, sagde han endelig stille: ”Hør, Jakob! ... Monstro det virkelig også alt sammen er af det gode?”

”Af det gode? ... Ja, hvad skulle det vel ellers være?” svarede Jakob og lo.

Den anden mand tav; og uden videre snakken fulgtes de derpå ad ind i stuen, hvor Sidse-Marie glad og rundhåndet skænkede dem en snaps og et glas nybrygget juleøl.

Men da Jakob den næste morgen kom ind i skuret, studsede han ved synet af en underlig stor, rød skjold, der havde bredt sig på den ene side af dyrets bug.

Hed om ørene skrævede han i hast over indhegningen og fandt nu ved nærmere eftersyn hele den fede krop besat med små og større lyserøde pletter, der åbenbart smertede ved berøring.

Han søgte at berolige sig med, at halmen, hvorpå dyret lå, ikke længere var ganske ren og dertil meget varm, hvorfor han tænkte, det muligvis kunne være lidt hedetøj, der havde ”sat sig på hende”. Men dyret selv lå så besynderlig stille, med tungt tilfaldne øjenlåg og et gulligt skum ud af munden.

I løbet af dagen bredte pletterne sig. Selv efter at halmen var skiftet og huden omhyggelig vasket med lunkent vand, myldrede de op fra snude til hale ligesom børnekopper. Og henimod aften begyndte dyret en klagende grynten eller stønnen, mens det nu og da urolig kastede sig på lejet.

Der blev en forfærdelig jammer, da bylderne dagen efter for alvor begyndte at bryde frem.

Sidse-Marie faldt øjeblikkelig sammen i fuldstændig håbløshed. Jakob søgte efter evne at tale hende til tåls; men han var selv så fortumlet, at han først efter en stunds forløb fik samling nok til at gøre anstalter for at få fat i en vogn og køre efter dyrlægen.

Denne, som boede en mils vej derfra, var en ganske ung, høj og videnskabelig udseende mand med næse-klemmer og hvidt slips, der gerne ville give sig så meget som muligt af en menneskedoktors anseelse. Da han der-for hørte, at talen var om en gris, gik der en grimasse hen over hans blege ansigt; og det var først efter Jakobs ved-holdende bønner, at han lod sig formå til at følge med.

Hidtil havde Jakob ikke kunnet få sig selv til at tro, at der kunne være tale om virkelig, overhængende fare. Den tanke, at de skulle kunne miste deres skat, var så forfær-delig, at han ikke havde kunnet huse den i sit hoved.

Men idet han nu ved doktorens side trådte ind i skuret, og da han så den unge, blege lærde synlig interesseret bøje sig over dyret, sætte sin næseklemmer fast og til sidst omstændelig lægge et lille termometer bag patientens øre, gik der en kuldegysning op ad hans ryg.

Han havde - uden selv at vide det - taget sin hue af, idet de trådte ind, og han stod nu og trykkede den krampagtig mellem sine hænder, mens han åndeløs fulgte enhver af den unge mands bevægelser og minespillet i hans ansigt.

"Hvad har De givet dette dyr at æde?" spurgte denne endelig.

"Hva' faler ...?"

"Hvad har De givet dyret at æde?" gentog den unge mand strengt.

"Det har fået kornskrå, hr. dyrdoktor!"

"Har det ikke fået andet?"

"Og alle vore ærter og tre tønder kartofler ... og en halv tønde majs, som jeg endnu skylder for."

"Ellers ikke noget?"

"Så har hun jo fået sådan affaldet fra huset, forstår sig, - og så sådan, hvad børnene har kunnet samle af grønt og et og andet - og sådanne - og på den måde. Det skulle da vel aldrig være tænkeligt, hr. dyrdoktor, at hun kaske har fået noget forgift i sig?"

Den unge lærde nedlod sig ikke til direkte at besvare dette spørgsmål. Derimod opdrog han fra brystlommen en lille guldkantet notitsbog, udtog et blad, nedskrev et par linjer og forklarede, at dette var opskriften på en salve, som Jakob skulle smøre på dyrets tryne, idet han på denne måde skulle se at få det til at slikke den i sig. Salven ville ved fremvisning af denne seddel blive ham udleveret på nærmeste apotek. Men - tilføjede han indtrængende - han måtte vise den yderste forsigtighed med "medikamentet". Det var en for mennesker meget farlig "substans", sagde han, hvorpå han med opløftet blyant nævnte et par latinske gloser, idet han med velbehag lukkede øjnene bag brilleglassene.

Hen på eftermiddagen fik "Sif" sin salve, og hele den mørke, regnfulde aften stod Jakob ude i skuret med en lygte og ventede i angstfuld spænding på virkningen.

Men endnu ved midnatstid var der ikke indtruffet nogen forandring til det bedre. Dyret lå lige ubevægelig på sit stråleje - med hovedet tungt mod jorden, fast tillukkede øjne og fråde om munden.

Kun når lygteskæret traf det, åbnede det langsomt de blytunge låg og så op med et træt, brustent og lidelsesfuldt blik.

En eneste gang - netop som Jakob stod og stirrede tankefuldt på det - løftede det pludselig hovedet og udstødte et så dybt, dybt suk, at det jog ham gennem marv og ben.

Han satte lygten ned på jorden, strøg sig - ligesom i svimmelhed - med bagen af hånden over panden og lod sig synke ned på kanten af ædetruget.

Kunne det da virkelig være muligt, at de skulle miste hende? ... Det var så forfærdeligt, at det løb rundt for hans tanker. Det var deres hele velfærd, deres eneste formue. Han syntes, det var umuligt, at Vorherre kunne nænne det. Så måtte det dog hellere - når ondt skulle ske - have været et af børnene. Men hvad skulle de gribe til, når dette gik tabt? Hvoraf skulle de leve?

Inde i stuen sad Sidse-Marie med forklædet for øjnene i fortvivlet gråd. En nabokone, der var kommet for at trøste hende, sad ved et sprutende tællelys foran ovnen og drak kaffe, medens børnene blege og frygtsomme tittede op fra deres kistebænke.

Hver gang Jakob kom ind fra regnen, så alle spørgende på ham. Men han rystede blot på hovedet, satte sig på en stol, med armene i skødet og lygten hængende ned mellem knæene, stirrede lidt ud over gulvet - og gik atter ud.

- Hen ad morgenstunden rev han døren op og råbte ind i stuen: "Mutter! - Mutter! - skynd dig!"

Men netop som de begge kom ind i skuret, strakte "Sif" benene fra sig og var død.

Hans og Trine

Der lå tre gamle, brøstfældige rønner i en smøge - "Smutten" kaldet - omme bag byens store gadekær, i hvis møddingbrune vand deres skæve mure spejlede sig.

De lå dér - den ene mindre end den anden - med sammenbyggede gavle i et stinkende søle fra de omkringliggende bøndergårde. Og den mindste, der lå nærmest gaden, var så lille, at man næppe ville have antaget den for andet end en kostald eller et tørveskur, hvis ikke en stump sodet skorstenspibe over tagryggen havde forrådt, at den tjente til bolig for menneskelige væsener.

Her boede en gammel, fattig enkekone, der bjærgede livet og føden ved ligesom spurvene under taget at sanke op, hvad andre kastede fra sig, pille sammen til reden alle smuler, hun kunne finde på sin vej, rapse lidt i ny og næ i al uskyldighed og for resten stole på Gud og gode mennesker.

Hun hed Mariane med tilnavnet Per Søvrens efter sin afdøde mand.

Ellers kaldtes hun af byens folk mest for Mariane Niels Husar, fordi det mentes, at hun trods sin fremrykkede alder vedligeholdt en kærlighedsforbindelse med et gammelt, halt lem fra arbejdsanstalten Niels Husar, der også regelmæssig besøgte hende på sine udgangsdage.

Selv var hun en lille, rørig tyksak på et par vraltende ben og med en indtil det latterlige bred og flad bag, der end yderligere fremhævedes derved, at skørtet aldrig nåede fuldt omkring hende, så at et stort "spejl" af den gule vadmelsklokke grinte frem i splitten.

For øvrigt så hun altid ud, som om hun lige havde rejst sig af fjerene med klæderne på; fra en lille, sort, fedtet hue hang det gråsprængte hår i tykke tjavser ned over de små, plirrende, ikke meget kløgtige øjne; og adskillige små, røde pletter omkring i ansigtet tydede på, at det næppe alene var for elskovs skyld, når Niels Husar bestandig fandt et så gæstfrit asyl i hendes hule, hver gang han om søndagen kom stavrende ved sin stok for at drikke op de skillinger, han havde tigget sammen på sin vej ind til byen.

Hun havde i sin tid haft mange børn, der nu alle var voksne og spredt omkring i verden - hun vidste for det meste ikke selv hvor. Ikke heller så eller hørte hun noget til dem, uden når nu og da et af pigebørnene, der tjente omkring i byerne, lagde sig hjem hos hende for at gøre barsel.

Dette var overhovedet den eneste afveksling i hendes stilfærdige og ensformige liv. Og i de første dage kunne hun da også holde et hus og bruge en mund, så det hørtes over den halve by.

Men når alt lykkeligt var overstået og barnet bragt til verden, drog de glade pigebørn atter frie og franke af sted, mens Mariane godmodig tog det lille liv i sin forvaring og lod det dele hendes fattigdom.

På denne måde havde hun efterhånden skaffet sig en ret anselig flok af skurvede unger, der løb om i byen til almindelig forbandelse, ... og større ville flokken have været, ifald Mariane ikke et par gange med den hende egne sindsro havde trykket en pude fast for munden af et sådant stakkels, nyfødt kræ og siden givet Vorherre skylden.

Men i denne retning var hun for øvrigt hverken værre eller bedre end adskillige der i byen; og skønt flere af de omboende kællinger holdt af at skumle over hendes forhold og i det hele morede sig med at have hende lidt til bedste, havde de i virkeligheden ikke synderligt at lade hende høre i nogen henseende.

... En aften i slutningen af en kold november var der et usædvanligt røre inde i hendes hule i "Smutten".

Allerede fra den tidlige morgenstund havde man kunnet se hende færdes ivrig ud og ind af sin dør, mens ungerne glade var hoppet omkring på gaden med kringlestumper mellem hænderne; og efter mørkets frembrud skinnede et ualmindelig festligt lys igennem hendes lille, utildækkede vindue ud i den skumle smøge.

Derinde i den fattige stue, hvor loftet i midten hang så lavt, at selv Mariane næppe kunne stå oprejst under det, sad fire personer bænket ved et gammelt egebord, på hvilket et par lerskåle med madlevninger og nogle skårede kaffekopper havde plads.

På bordet stod endvidere to tynde tællelys i flaskehalse, der kastede lange, sorte slagskygger op ad de nøgne ler-vægge; og fra en lav, næsten rødglødende kakkelovn midt på indervæggen, ved hvilken Mariane selv stod med ku-lørte bånd i den fedtede hue og passede en kedel, bredte en kvælende hede sig ud over det lille rum, hvis luft var grå af tobaksrøg og tyk af de mætte menneskers uddunst-ninger.

Den ene af disse var en høj, mager, fremmed mand på omkring fyrretyve år med et blegt ansigt, et langt, brunt skæg og store, mørke, uhyggeligt skinnende øjne; ved siden af ham sad et lille, blegnæbet, ikke heller længere ungt fruentimmer med blondt, krøllet hår og ormstukne tænder.

Endvidere var der to midaldrende mænd fra egnen, søn-dagsklædte og festkæmmede.

Det var Marianes ældste datter Jakobine - "Krølle Bi-ne", der fejrede sit bryllup med en døvstum skrædder-svend fra købstaden, hvor hun sidst havde haft plads.

Bruden sad for enden af bordet med en grøn krans på sit blonde lokkehoved og i en ny, sort, ulden kjole, som hun - for visse årsagers skyld - havde måttet knappe op neden for brystet. Brudgommen sad ved hendes venstre side med hvidt slips under sit store skæg; medens de to forlovere - en tyk, rød, stortalende ålestanger, der blandt byens fruen-timmere gik under navnet "Pilken", samt en lille, beske-

51

den og stilfærdig husmand ude fra overdrevet - havde taget plads på bænken under vinduet.

Man var om eftermiddagen vendt noget forkomne hjem fra kirken, der lå et stykke borte fra byen, og hvor provsten havde skummet værre end en vred tyr, fordi Jakobines fortid ikke ganske var uden lyde.

Men ved hjemkomsten havde Mariane modtaget dem både med mad og en skoldende hed kop kaffe, der hurtig havde optøet de forfrosne lemmer.

Senere havde man taget sig adskillige kopper "med gas"; og da flasken til sidst var tømt, havde brudgommen - der i det hele bekostede gildet - gjort tegn til det ældste af børnene, som lidt efter var vendt tilbage fra købmanden med favnen fuld af bajerflasker. Og nu sad man på tredje time og drak brudeparrets skål, idet man flittig klinkede med flaskerne over bordet og regelmæssig hvert kvarter - under "Pilkens" ledelse - istemte et "leve", så lyseflammerne dukkede sig ligesom i angst.

Henne for sig selv i skyggen bag ovnen, uberørt af larmen og osen omkring hende, sad en ung pige med en rød kat i skødet og så opmærksomt og ufravendt hen på brudeparret.

Det var Jakobines yngste søster Trine, der tjente hos en gårdmand der i byen, og som nu efter aftensyssel var kommet herover for at se sin nye svoger og ønske søsteren til lykke i anledning af dagen.

Hun havde næppe øjnene fra disse to hele aftenen, men sad - strygende over sin kat - og fulgte agtpågivende, hvorledes skrædderens lange, smalle, hvide hænder under bordet legede med søsterens røde fingre, mens hans øjne spillede; - hvorledes han nu og da i smug listede sin arm om hendes liv og ærbødig trykkede hende til sig, mens han forelsket smilte i sit store, smukke skæg.

Hvad, hun selv kendte til kærlighed, var ikke meget, endda hun var fulde atten år, bred og kraftig bygget, med tykke, trivelige kinder og sunde farver.

I det hele lignede hun (folk sagde af nærliggende grunde) ikke meget sine ældre søstre. I stedet for disses lyse krushoved havde hun et glat, brunligt hår, der - flettet i to korte, tynde piske - var fæstet op i nakken i form af en kringle. I stedet for deres små, forslagne, lyseblå forglemmigejs-øjne havde hun store, ærlige, mørkeblå, der undertiden kunne få et lidt enfoldigt eller sløvt udtryk, fordi hun - under visse forhold - var en smule tunghør.

Engang i sit femtende år, mens hun endnu var fæstet som lillepige der i byen, havde hun tjent i gårde sammen med en fremmed karl, en stor, brøsig tamp, der ved enhver lejlighed, hvor de var uden vidner, havde søgt at bringe hende i fortræd, skønt hun aldrig havde givet ham anledning. En nat, da hun var blevet kaldt op for at malke en kvie, der havde kælvet, og da de var ene i stalden, havde han til sidst slukket lygten for hende og kastet hende omkuld på nogle knipper halm henne i krogen.

I løbet af en månedstid havde dette gentaget sig et par gange, uden at det dog blev hende rigtig klart, hvorvidt han nogensinde nåede sin hensigt med hende; og kort efter var fyren rejst tilbage til sin hjemstavn, uden at hun havde turdet nævne det forefaldne til nogen, fordi han havde truet hende med i så fald at ville gøre en ulykke på hende.

Men hver gang siden hen en karl eller dreng begyndte at spøge lidt med hende, var det, som om mindet om den gamle vold på ny rejste al modstand i hende.

Skønt hun til daglig kunne være både munter og mundrap og ikke selv gik af vejen hverken for en saftig hentydning eller et dristigt ord, kunne det blotte syn af en kælent udstrakt arm bringe hende i raseri; og mere end én gang, når karlene i marken eller på stænget - som brugeligt var -

ville tillade sig en eller anden frihed over for hende, havde de til deres forundring fået at føle, at det ingenlunde var mundsvejr med den "storagtighed", for hvilken hun efterhånden var blevet beskyldt.

"Det skidt vil også være storpåendes!" sagde de hånligt; og da Trine en gang fik dette for øre, blev hun siden endnu mere stædig.

Men som hun nu på denne aften sad her i dette glade festlag og blev vidne til den hyldest, den næsten ridderlige ømhed, der blev hendes søster til del, følte hun sig underlig betaget.

Synet af al denne lykke, af Jakobines nye, sorte kjole, af skrædderens smalle, hvide hænder, hans smukke skæg og forunderlige blik, ... det satte alt sammen hendes blod i bevægelse og fik hendes hjerte til at banke uroligt.

Hun tænkte på den dag, da hun selv skulle sidde dér for enden af bordet med krans på håret og brudgom ved siden mellem gode og glade venner. I tankerne anbragte hun på svogerens plads efterhånden alle de karle, som hun kendte fra byen, og søgte at forestille sig, hvorledes hun ville tage sig ud og være til mode ved hver enkelts side.

Der vågnede i hende en heftig trang til kærlighed, til at lære lykken ved en mands kys og favntag at kende. Det var endda ikke langt fra, at hun sad og forelskede sig i denne blege fremmede, der viste sig så god mod hendes søster, og hvis ulykkelige legemsfejl straks havde vakt hendes medlidenhed, ... ikke mindst måske, fordi hun syntes, at søsteren slet ikke med den tilstrækkelige venlighed gengældte hans kærlige tilnærmelser.

Hun forstod ikke dette. Og med en blanding af sorg og misundelse tænkte hun på, om det da virkelig skulle være sandt, hvad hun havde hørt om ude i byen, at det ikke var med Jakobines bedste vilje, når hun i dag havde ladet sig gøre til denne mands kone.

Hun sad just og grundede over dette, da "Pilken" pludselig slog næven i bordet og svor, at han fanden annamme ham ikke ville være forlover ved et bryllup, hvor Guds ord ikke blev sunget.

Heri gav de andre ham enstemmig medhold. Og Jakobine fik fat i sin salmebog, som de havde haft med i kirken; derpå trykkede man sig sammen om ham - der straks greb bogen og flyttede lysene hen foran sig - og istemte øjeblikkelig den første af bryllupssalmerne.

Men da de først var begyndt, ville de slet ikke holde op igen. Så snart den første salme var til ende, tog de ufortrødent fat på en ny.

Og således blev de nu ved - opflammede af øllet og de hellige ord - indtil de til sidst satte i med en kraft, som om væggene skulle sprænges.

Da Trine ud på natten kom ud på gaden for at gå hjem, skinnede månen ned over et tyndt lag nyfalden sne, der dækkede jorden og husenes tage som et hvidt lagen. Alt var stille og slukket omkring i byen; og ikke en vind krusede det store, mørke gadekær, hvori den stjernebestrøede himmel spejlede sig.

Da hun kom op til gården, hvor hun tjente, og ville dreje ind ad porten, fór hun sammen ved at se en karl, der stod dér ganske stille lænet op til muren og røg af en pibe.

Hun så straks, at det var naboens Hans, en køn, blond fyr på en snes år, der i længere tid havde overvældet hende med kærlighedserklæringer. Han havde åbenbart vidst, at hun endnu var ude, og stillet sig på post for at vente på hendes hjemkomst.

Idet hun kom ham forbi, hilste han pænt "god aften"; og da standsede hun uvilkårlig, og de kom i snak.

Det varede dog ikke længe, før det gik op for fyren, at der var noget usædvanligt på færde med Trine; og da i det samme en sky, der hidtil havde dækket månen, gled forbi, så det fulde, klare lys faldt ned over hendes skikkelse, studsede han ved synet af det sælsomme udtryk i hendes ansigt.

Han gav sig til med fingeren at stoppe asken ned i sin pibe, mens han fra siden iagttog hende og nøje undersøgte hendes træk.

Så gav han sig behændig til at spørge hende ud om brylluppet, om hendes nye svoger og Jakobines børn; - men hun svarede bestandig lige kort, med bortvendt ansigt, idet hun åndsfraværende så ud over byen.

Til sidst begyndte han forsigtig at nærme sig hende, idet han langsomt skubbede sig frem langs den hvidtede mur uden et sekund at slippe hende med sine små, skinnende øjne.

Efter nogen tids forløb kom han hende endog så nær ind på livet, at han kunne se hendes læber bevæge sig og høre åndedrættet, der arbejdede inde i hendes bryst. Og da han endnu trådte et skridt frem, uden at hun rørte sig af pletten eller forandrede en mine, blev han pludselig selv ganske underlig til mode og så næsten betuttet på hende.

Blodet løb ham hastigt til hovedet, og den store mund bredte sig i ansigtet til et idiotisk smil.

Endelig tog han mod til sig og sagde sagte: "Det er sådan et dejlig vejr i aften - skal vi ikke gå lidt ned i engene sammen, Trine?"

Hun svarede ikke straks; men da han - mere indtrængende - gentog det, sagde hun: "Det kan vi jo gerne."

Og uden at afvente hans følgeskab satte hun sig i det samme i bevægelse ned over gaden og ud imod marken.

Hun gik ned over en sti, der bag fra byen førte ud i engene indtil to sorte, forkrøblede piletræer, som betegnede det sted, hvor grøfterne begyndte. Imidlertid var fyren snart på siden af hende og søgte at liste hånden ind under hendes arm. Hun gjorde ingen modstand, ... og ganske fortumlet over sit uventede og uforklarlige held lagde han da hele armen om hendes liv og trykkede hende til sig af al sin magt.

Således gik de en stund frem og tilbage mellem byen og de to sorte piletræer, der rejste sig derude som spøgelser i måneskinnet.

Men da de fjerde gang nåede tilbage til byen, havde også Trine fået armen om den andens liv; og langsomt fulgtes de nu op imod gården, hvis lo-dør lydløst lukkede sig efter dem.

*

Omtrent midt i byen, skrås over for den gård, hvor Trine tjente, lå et pænt, nykalket hus med gyldenlakker i vinduerne og en lille, indhegnet kålhave på hver side af en blomsterbemalet indgangsdør.

Foran denne lå - som trin - en halv møllesten bestrøet med sand, og herfra trådte man gennem et lille køkken ind i en net, rummelig, ligeledes sandstrøet stue med blåt tapet på væggene, gule gardiner, en fyrretræs kommode med hvide nøgleskilte, et bord, en bænk, to rødmalede stole og to store omhængssenge med blomstret kattun.

Her boede en enlig enkekone, Ellen Pers, som sammen med sin afdøde mand, Per Anders også kaldet Per Sigerslev, ved flid og gnieragtig sparsommelighed havde lagt så meget til side, at hun netop kunne slå sig igennem uden sognets hjælp, hvorfor hun også almindeligvis betragtedes som lidt andet og mere end de fleste andre af byens husmandskællinger, med hvilke hun da heller ikke havde synderlig omgang.

Hun var en høj, tør, lidt duknakket skikkelse med aldrende almuekoners indsunkne bryst og store, fremstående, stenhårde mave. Det lille, gråhårede hoved sad lidt skævt på de smalle, optrukne skuldre, - og som i god overensstemmelse hermed talte hun med syg, klynkende

57

grædekone-stemme og klippede som en hønnike med sine små, rødrandede, lidt rindende øjne, der ligesom skjulte deres blik bag øjenhårene.

Uadskillelig fra hendes person var en lang, sort bindehose, der ikke forlod hendes hænder, uden når hun spiste eller sov. Halve dage kunne hun stå urokkelig med den uden for sin dør, mekanisk flyttende de krogede fingre over de travle pinde, mens hendes blik spejdende gled ud over byen, hvor ikke en dør gik op, ikke en skorsten røg, uden det øjeblikkelig tildrog sig hendes opmærksomhed og i stilhed blev genstand for hendes betragtninger.

Hun havde kun et eneste barn, en søn, der hed Hans, ... en køn, blond knøs på tyve år, rank og velvoksen.

Blandt alle byens unge husmandssønner var han noget nær den pæneste; og når han om søndagen stod mellem de andre karle ved gadekæret - med spejlblanke kaptræsko, plyskasket og lang pibe med kvast, så pillen og pudset som moderens egen dagligstue - da stod Ellen selv i skjul bag blomsterne i sit vindue og betragtede ham med underfundig stolthed.

Om denne søn kredsede i det hele alle hendes travle tanker. Til ham og hans fremtid knyttede sig enhver forestilling, der selv i drømme gik gennem hendes lille, forslagne hoved.

Hun havde sine egne, stille håb om, hvad lykken ville kunne bringe ham; sine egne, dristige planer med hans fremtid. Og når hun stod dér timevis - som en skildvagt - uden for sin dør og nu og da gik et lille slag ud ad markvejen eller sneg sig op på højen bag ved byen, hvorfra man kunne overskue egnen helt ned til fjorden og skovene, - da var det alene for ikke et øjeblik at tabe ham af syne, men bestandig at kunne våge over ethvert af hans skridt og holde øje med ethvert anslag, der måtte rettes imod ham.

Siden på efteråret, da Hans var kommet til at tjene oppe hos sognefogdens, havde hendes årvågenhed i denne henseende fornemmelig været rettet imod Marianes yngste datter Trine, der var fæstet som pige i nabogården, hvis marker stødte umiddelbart op til sognefogdens.

Ellen havde nemlig straks fattet mistanke om, at Trine - ligesom alle byens fattige piger - pønsede på at lokke hendes Hans. Det var i det hele taget blevet hendes fikse idé (der aldrig lod hende i ro), at sønnen på alle sider var omgivet af snarer, beregnede på at komme i besiddelse af de sytten hundrede kroner, der foruden hus og have udgjorde hendes ejendom, og som hun i fem forskellige sparekassebøger havde anbragt i ligeså mange sprækker og hemmelige rum omkring i huset.

Nu skulle det hændelsesvis ikke vare længe, før hun i dette tilfælde fik sin mistanke bestyrket.

En nat, hun lå vågen i sin seng af værk i det ene ben, hørte hun pludselig et vindue blive åbnet ovre på den anden side af gaden og lidt efter et par træsko, der forsigtig fjernede sig.

Skønt benet smertede hende, så hun var nær ved at få ondt, stod hun dog øjeblikkelig op og humpede så godt hun kunne hen til vinduet for bag gardinet at kigge ud.

Over gaden lå imidlertid mørket så tykt, at hun end ikke kunne skimte sit eget havestakit. Men på lyden mente hun at kunne skønne, at skridtene fjernede sig op mod sognefogdens.

Nu havde hun tilfældigvis samme eftermiddag set Hans og Trine stå i passiar henne ved gadekæret, mens de vandede kvæget, og hun besluttede da ikke at hvile, før hun havde fået rede på denne sag.

Hendes første tanke var, at hun i de efterfølgende aftener ville stille sig på vagt et sted i nærheden, hvor hun havde udsigt til Trines sovekammervindue, - for at det var

59

dette, der var blevet åbnet, havde hun ikke et øjeblik tvivlet om.

Men ved nøjere at overveje sagen indså hun det frugtesløse i en sådan fremgangsmåde, så længe månen var i næ, og hun bestemte sig da til foreløbig at forhøre sig hos lillepigen, der delte værelse og seng med Trine, og som derfor muligvis vidste besked.

En dag, hun så denne komme jankende henne fra købmanden med en hankekurv, lokkede hun hende da ind til sig i sin stue, hvor hun bød hende sætte sig ned på bænken, og beværtede hende derpå med kaffe og et stykke hengemt kringle, mens hun snakkede så sødt og venligt til hende, at pigebarnet af lutter forundring ingen modstand kunne gøre.

Men da hun kom frem med sit ærinde, blev tøsen sprutrød og ville ikke svare. Og da Ellen trængte ind på hende og til sidst i sin iver tog fat i hendes arm, rev pigen sig løs og skubbede sig ud af døren med en undertrykt fnisen, idet hun blot mumlede, at "det vidste hun ikke noget om."

Men endnu samme dag skulle Ellen ad anden vej få al ønskelig klarhed i sagen.

Ellen var nemlig ikke den eneste, der i denne vinters løb havde holdt et vågent øje med Trine.

Også Trines madmor havde længe næret mistanke, ja til sidst endog ment at have grund til at formode, at det var galt fat med pigebarnet. Og da hun var en praktisk kone, der var vant til den slags historier med sine piger, tog hun hende en dag for sig inde i spisekammeret og spurgte hende rent ud, om hun ikke var frugtsommelig.

Trine nægtede det først bestemt og lo endog deraf. Men da madmoderen blev ved sit og forlangte at vide besked for det tilfælde, hun skulle være betænkt på at se sig om efter anden pigehjælp inden sommeren, og da hun til sidst endog truede med at ville lade doktoren hente, måtte Tri-

60

ne gå til bekendelse og indrømme, at det vistnok forholdt sig, således som madmoderen formodede.

På yderligere forespørgsel fortalte hun tillige, at det var Ellens Hans, der var faderen. Og således gik det til, at kællingerne både i "Smutten" og i "Krogen" endnu samme eftermiddag kunne fortælle hinanden, at Ellen Pers og Mariane Niels Husar var blevet besvogrede.

Hans selv gik på denne tid ude og pløjede brakjord et stykke fra byen og fløjtede fornøjet om kap med de første stære, der netop var begyndt at vise sig.

Ovre på naboens ager stod en anden pløjekarl, der lige var kommet ridende inde fra byen med sit plovspand, og som nu - ligeledes fløjtende - satte sig i bevægelse op imod Hans.

Men idet han nåede skellet, der delte de to lodder, standsede han atter og råbte med et svedent grin over til den anden: "Til lykke med svogerskabet - Hans!"

Hans løftede hovedet og vendte øret til, men forstod ikke meningen, før også han nåede helt hen til diget og dér af karlen fik fortalt, hvad denne just havde hørt inde i byen.

Da blev han hed om ørene og kold ned ad ryggen, ja helt ned i benene.

"Det er vel løgn da?" slap det ham ud af munden - så betuttet, at den anden gav sig til at le.

"Er det en løgn, så er du fanden gale mig selv far til den, Hans!" svarede denne og drev i det samme bort med en triumferende skoggerlatter.

Hans blev stående - flammende rød i ansigtet - og så hjælpeløst efter ham. Så drejede han varsomt hestene over forpløjningen og drog fortumlet tilbage langs agerfuren.

Egentlig burde dette ikke være kommet ham slet så overraskende, for i den sidste tid havde Trine endog et par gange ymtet til ham om, at der muligvis kunne være noget sådant i gære. Men han havde bestandig ikke villet tro derpå. Indtil dette øjeblik havde han været overbevist om, at hun blot havde sagt det for at gøre ham forskrækket, måske også for at forsøge på, om hun ikke på denne måde skulle kunne få lokket ham til at ringforlove sig med hende, hvad hun et par gange havde slået på.

Hans første tanke gjaldt nu moderen. Det blev ham nemlig hurtig klart, at han nu ville blive nødt til at gifte sig med Trine, hvad der egentlig aldrig havde været hans mening. Men hvorledes han end vendte tingen i sit hoved, indså han, at der næppe ville være nogen udvej for ham til at slippe derfra. Trine var jo dog en pige, som der ikke var noget ondt at sige om; og selv var han dog ikke af så mange midler, at det af den grund ret vel gik an for ham at unddrage sig sine forpligtelser.

Han besluttede sig til foreløbig at undgå moderen, indtil vreden havde fået tid til at sætte sig, men i det samme huskede han på, at det netop var lørdag - den dag, da han plejede at komme hjem for at få rent til søndagen.

Så tænkte han, at han alligevel lige så godt kunne tage uvejret straks; og efter at han om aftenen havde fraspændt og i hast spist sin mælkegrødsnadver, stak han da i sine spadseretræsko og luskede bag om byen hjem til moderen.

Han traf hende stående inde i stuen ved kakkelovnen og blev straks klar over, at hun allerede vidste besked.

Hun hverken så op eller svarede på hans "god aften", da han trådte ind. Og da sagde heller ikke han noget, men satte sig hen på bænken under vinduet, idet han skødesløst kastede det ene ben over det andet og så ud.

Længe var der ingen anden lyd i stuen end fra en lille, klageligt snurrende kasserolle, som moderen stod og rørte i.

Til sidst blev dette ham dog for trykkende, og han begyndte at fløjte ganske sagte. Men i det samme hørte han henne fra ovnen denne kendte, langtrukne snøften, der -

ligesom suset i løvet - bebudede, at uvejret trak op ... og han tav lyttende.

"Det er såmænd kønne ting, man må høre om dig ude i byen," begyndte hun også lidt efter med sin grædende stemme og løftede forklædet op til øjnene.

Hans svarede ikke, men gav sig atter til at fløjte svagt.

"Kunne du nu ikke nære dig længere, din lange dreng, uden du skulle begynde på den slags ting? ... Det kunne du ellers tids nok rage dig ind med, tykkes mig."

Hans vedligeholdt hårdnakket sin tavshed og så gennem vinduet op på den blå himmels blegrøde aftenskyer.

"Havde det så endda været en skikkelig og ordentlig pige, som man kunne være bekendt... og ikke en ski-detøs... der hverken har hvit eller hvat og knap nok sær-ken på kroppen vel ... jo, det er såmænd kønt, er det... det skulle man ha'e tænkt om dig, at du skulle ha'e båret dig sådan til ... det har man for det, at man har givet dig en god oplæring både med det ene og det andet ... Hvad tæn-ker du vel, provsten siger, når han får det her at høre ... han, som altid var så god og nedladende imod dig ... det havde han vist ikke tænkt, at du skulle skabe dig til nar for folk med sådan en dåse ... datter af en gammel drukken-mås... jo, det er såmænd kønt, er det..."

Hun blev således ved en god stund, idet hun bestandig ivrigere rørte om i den syngende kasserolle, der med sin lille, spæde metalstemme ligesom istemte hendes klage-sang.

Pludselig drejede hun hovedet om imod ham og sagde i forandret tone: "Er du nu også sikker på, at du er ene om'et?"

"Det er jeg vel nok," svarede Hans og lo forlegent.

"Ja, Gud véd, hvad du er," mumlede hun, ligesom ved sig selv, og tilføjede lidt efter: "Jeg tænker, de har dig til nar oven i købet. Marianes tøse plejer ikke at være så nøjsomme. Jeg husker da nok, hvordan det gik med hende

63

Krølle-Bine forgangen år. Da var der da ikke ringere end fire, som måtte være sammen om at betale, véd jeg."

"Ja, men Trine er jo da ikke Bine, mo'er!" indskød nu Hans som et svagt forsøg på at formilde hende. "Fordi den ene er sådan, kan den anden jo da være meget redelig."

"Ja, du snakker, du! ... Du kunne ha'e været fra hende, så var vi ikke kommen i den fortræd. Og skulle du endelig ha'e løbet gal - så er der da andre - véd jeg - som du ingen skade kunne ha'e gjort på ... Men Trine har vel nok vidst, hvad hun gjorde, tænker jeg."

"Hvad skulle hun ha'e vidst?" spurgte Hans og så nu for første gang på hende. Der havde været noget i hendes tone, der havde vakt hans opmærksomhed.

"Å - hun er vel ikke Bines søster for ingen ting, tænker jeg."

"Da er der vist ingen, der skal sige hende noget på," sagde Hans og rynkede brynene lidt.

"Å, det er vist ikke værd at være så storpralendes."

"Hvad mener du med det?"

"Det kunne kanske være, der også var andre, der kunne snakke lidt med her."

"Hvem skulle det måske være?"

"Å - jeg tænker ... ham, den store Povl, der rejste forleden år ... han kunne vel nok fortælle et og andet, om han ellers havde været her," sagde hun, atter ligesom for sig selv og idet hun gav sig til at pusle med noget pindekvas under ovnen.

"Povl Fynbo?"

"Ja, sådan hed han nok."

"Det er en god løgn, den!" sagde Hans og lo atter kort.

"Å - Gud véd."

"Hvor har du det fra, mig for lov?"

"Det var da ikke så svært at se for en, der havde lidt øjne i ho'edet, at der var de to noget imellem. Han skulle jo immer rende efter hende, hvor hun gik og stod - og det

har han vel ikke gjort for tør munds skyld, tænker jeg ...
Så det var kanske bedst, om man forhørte sig lidt først.
Man har da ikke nødig at blive hængendes for en skøjes
skyld ... Kan hun ha'e haft én, kan hun vel ha'e haft flere,
mener jeg. Og den, som begynder på de dele, ligesom hun
har sluppet kirkegulvet - og stort videre kan hun da ikke
ha'e været dengang - hun bli'er vel ikke let anderledes,
tænker jeg, hvor kalkunsk hun end skaber sig og spiller
avekat for at putte tosser blår i øjnene."

"Har du måske hørt noget senere også?" spurgte han og
så usikkert på hende.

"Det kunne måske nok være ... Allefals er det da vistnok
bedst, at vi ser os lidt for først og farer lidt med lempe på
den vej. Den er kanske ikke så fin, som den skylder. Og
man har da lov til at forhøre sig først, véd jeg ... Men du
kunne ha'e holdt dig fra hende og passet dig selv, Hans, -
så havde vi ikke haft det besvær nødig, hverken på den
ene eller anden måde. Havde jeg nu ikke tit nok advaret
dig, at du skulle holde dig for dig selv, Hans - for de ville
bare lumske til at få fat i dine penge, sagde jeg. Men du
har nu aldrig villet høre efter din mo'er, Hans; og jeg har
dog hver aften bedt til Vorherre, at han ville oplyse dig;
og endda har du rendt lige tosset, så gammel som du er,
og kan ikke se, hvad fornuftigheden byder dig."

Hans så eftertænksom ud.

Han sænkede sit blik mod det renskurede, af kakkelov-
nen oplyste gulv, på hvis sandbestrøede brædder han der-
på længe og grundende stirrede ned.

Pludselig rejste han sig, greb sin hue, sagde godnat og
gik ud.

Det var imidlertid blevet mørkt. Et tungt, koldt regn-
mulm havde indhyllet byen, hvor der blot hist og her sås
lys fra enkelte af husmandshytterne. I gårdene var alt alle-
rede gået til ro. En flok ænder lå og sov på vandet midt

ude i gadekæret, og foran en lukket port sad en kat og mjavede.

Han traf Trine omme bag det havegærde, hvor de om aftenen plejede at sætte hinanden stævne.

Hun havde allerede ventet på ham en stund; og da hun nu hørte hans trin, gik hun ham helt forlegen i møde, fordi hun nok tænkte, han havde fået nys om, hvordan sagerne stod.

De fulgtes derpå stiltiende et stykke ud ad markvejen, hvor den stjerneløse himmel og de nypløjede agre gjorde alting sort omkring dem.

Da Hans mærkede, at Trine ville have fat i hans hånd, stak han begge hænderne i lommen og så til den anden side; og da de var kommet så langt fra byen, at ingen ville kunne høre dem, vendte han sig brat om imod hende og spurgte uden omsvøb, hvorledes hun havde haft det med den store Povl.

Først blev Trine bleg. Hun havde aldrig omtalt dette forhold for nogen, for at det ikke skulle komme ud blandt folk, og fordi hun ikke selv skøttede om at erindre det. Men nu gav hun sig rolig og omstændelig til at fortælle alt, hvad der i sin tid var passeret, idet hun nøjagtig beskrev enhver ting, således som den var gået for sig, og uden at lægge dølgsmål på nogen enkelthed, som endnu var bevaret i hendes hukommelse.

Da hun havde endt sin beretning, så Hans ud mod skoven og udstødte en langtrukken fløjtetone: "Nå, på dén maner, min tøs! ... Ja, den slags kender vi jo nok."

"Du tror da ikke, jeg lyver?" spurgte hun og så med ét forskrækket op på ham.

"Du bilder dig nok ind, jeg er fra i går," svarede han, mens et lunt triumferende smil spillede om hans mund. "Men du kan tro nej, min pige! Dér har du fanden gale mig stukket fingeren i den forkerte potte!"

Og da de netop havde nået en fodsti, der over pløjejor-
den førte skråt tilbage til byen, drejede han i det samme
med et: "Farvel, min tøs - og tak for lånet!" ind ad denne
og forlod hende med et muntert fløjtekvidder.

Trine ville kalde ham tilbage; men han hørte hende ikke
og blev snart borte for hende i mørket.

Og urolig - uvis om, hvad dette skulle betyde - blev hun
stående på vejen, indtil lyden af hans fornøjede fløjten
tabte sig i nattestilheden.

Der forløb nu flere dage, i hvilke hun hver aften forgæ-
ves ventede ham på det sædvanlige sted.

Derimod fik hun at høre af en pige, der tjente sammen
med ham hos sognefogden, at han igen var begyndt at
besøge de bibellæsninger, som provsten hver onsdag af-
holdt inde i skolen, og hvortil navnlig bønderne med deres
koner og døtre mandstærkt indfandt sig; ... og hun betoges
af en frygtelig angst.

Da han endnu ikke den følgende søndag havde ladet sig
se, kunne hun ikke holde uvisheden ud længere, men be-
sluttede sig til at opsøge ham. Så snart det derfor om afte-
nen var blevet tilstrækkelig mørkt, slog hun et tørklæde
om hovedet, sneg sig uset bag om byen og satte sig på
vagt omme bag en busk ved vejen, der førte op til sogne-
fogdens gård.

Først henimod midnat hørte hun hans fløjten inde fra
byen og lidt efter hans træskotrin nærme sig på den natte-
frosne vej.

Hun rejste sig op; og idet han nåede ud for hende, kaldte
hun hviskende.

"Hvad er det?" udbrød han forskrækket og så sig om-
kring. "Er det dig? ... Hvad fanden bestiller du her?"

Hun trådte nu helt hen til ham og så urolig og bønfal-
dende op på ham.

"Hvorfor har du ikke været hos mig så længe, Hans?"
spurgte hun og ville tage om hans hånd. "Jeg har ventet

dig hver aften hele ugen ... Har du været syg, min egen ven?"

Men i stedet for svar skubbede Hans hende uden videre fra sig med et "rejs ad helvede til!" - og ville fortsætte sin gang.

Men da stillede hun sig resolut i vejen for ham og udbrød med vild heftighed: "Hvad er der i vejen med dig? Er du rigtig i ho'edet i denne tid? I over en uge har jeg ikke set dig, skønt du véd, hvordan det er fat med mig ... Du har slet ikke været syg; kom ikke og fortæl mig det - for jeg véd, du var til bibellæsning i onsdags - og i går gik du ind til Søren Nilens uden at se til vinduerne en gang. Hvad skal det sige? Har du glemt, at jeg er din kæreste, og hvad du har lovet mig?"

"Hør nu!" tog Hans endelig ordet. "Skab dig bare ikke, min tøs! ... Du kan spare dig al ulejlighed - mig stikker du fanden gale mig ikke blår i øjnene længere. Jeg har længe nok ladet mig holde for nar af dig, ... men nu kender jeg dine kæresterier, forstår du - både med ham Povl og mange flere ... Ja, det nytter dig nu slet ikke, du sætter det fjæs op, min pige, for den er opdaget ... og jeg vil bare be' dig, du for fremtiden holder dig lidt til en side, hvad mig angår, for kommer du én gang til på den her manér, kunne det kanske hænde sig, der vankede én på tuden oven i købet."

Med disse ord gik han op mod gården og ind ad den tjærede port, som han drønende slog i efter sig, hvorpå han stængte indvendig med skyderen.

Trine stod som lamslået. Hvad var det, han sagde? Hvad var det, han beskyldte hende for?

Det kunne ikke være muligt ... Hun løb hen til porten, og da hun hørte ham rumstere inde bag ved i karlekammeret, gav hun sig sagte til at banke på med knoen og kalde med hviskende, indsmigrende stemme: "Hans! ..... Min egen ven! ... Hører du mig ikke? ... Jeg vil snakke med dig

... Hans! ... Jeg er slet ikke vred ... Jeg vil bare ... Hans! Hører du? ..."

Men i det samme blev en dør smækket i derinde, og alt blev stille.

Hun rettede sig i vejret og knyttede hænderne i raseri. Et øjeblik fór den tanke hende igennem hovedet at buldre løs på porten, vække folkene op af søvne og kræve dem til vidne på dette forræderi, - men så vendte hun sig om med hænderne for ansigtet og gik hulkende bort.

I flere timer derefter vandrede hun - ude af sig selv af fortvivlelse - frem og tilbage på et stykke markvej noget borte fra byen. Vinden tog fat i hendes opløste hår og førte løsrevne stumper af hendes krampegråd ud over de mørke, tavse enge og den dystre fjord, der - ligesom søvndrukkent blinkede derude under den tunge, forrevne skyhimmel.

Hun havde puttet en snip af sit uldne, brune hovedtørklæde ind mellem sine tænder, og hver gang gråden på ny ville bryde frem, rev og sled hun i det, for ligesom at tvinge sig selv til rolighed.

Men hun kunne ikke styre sine oprørte følelser, når hun tænkte på, hvad der var overgået hende... Hun havde vel aldrig selv ventet, at Hans skulle have giftet sig med hende straks. Dertil, vidste hun godt, var de endnu begge for unge.

Men hvad hun sikkert havde håbet var, at han ville forlove sig rigtig med hende, og at da også hans mor skulle vise sig venlig imod hende og - når tiden kom - tage sig af hende og hendes barn.

Hun havde allerede ofte i tankerne set sig selv i Ellens pæne, hyggelige stue med de gule gardiner og skilderierne på væggene, - tænkt sig liggende med sin lille i armen i en af de store omhængssenge bag det blomstrede kattun, strækkende lemmerne i de bløde, varme dun, mens Hans på sengekanten holdt om hendes hånd ... og hendes hjerte havde banket i lykke.

Og nu ville han lade hende passe sig selv, lade hende lide og pines hjemme i moderens skidne hule mellem søstrenes skurvede unger! ... Og ikke nok dermed! Han ville rent slå hånden af hende, forlade hende midt i hendes elendighed, måske endog forsøge på at rende fra det hele ved at beskylde hende for at have haft flere kærester.

Men det skulle i alt fald blive løgn ... Betale, det skulle han! Han kunne være sikker på, at han skulle komme til at betale. Hun svor ved sig selv, at om hun så tyve gange skulle slæbe ham i retten derfor, skulle han ikke komme til at slippe.

Hun blev ved at gentage dette for sig selv, som om hun fandt en slags trøst, en hævn ved tanken om disse 25 kroner, som hun herefter årlig ville kunne afkræve ham. Selv efter at hun endelig var kommet hjem og var tumlet i seng, og mens hun urolig og hvileløs kastede sig på sit leje, slap hun ikke et øjeblik denne tanke af sit hoved.

Men så brød pludselig igen al sorg og fortvivlelse så voldsomt sammen over hende, at lillepigen - der var blevet vækket ved hendes side - ganske betuttet gav sig til at tænke over et kærlighedseventyr, i hvilket hun netop i de samme dage havde indladt sig med storedrengen.

Til majdag skiftetid flyttede Trine hjem til sin mor, hos hvem hun derefter opholdt sig, indtil hun ud på efterhøsten blev forløst.

I hele denne sommer så hun ikke noget til Hans. Han var vel til sidst gået ind på at lade sig udlægge som barnefar og betale det sædvanlige, årlige bidrag til barnets underhold, men havde ellers holdt sig ganske borte fra hende og ved enhver lejlighed vidst at undgå hende.

Der var enkelte i byen, der skumlede lidt over dette forhold; men i almindelighed mente man dog, at efter hvad der mere og mere oplystes om Trine og hendes fortid, var der ikke noget at sige til, om han holdt sig lidt tilbage.

Kun én gang i sommerens løb stødte de uforvarende på hinanden midt i byen.

Det var en middagsstund i høsten, da Hans med sin le på nakken kom fløjtende oppe fra sognefogdens, at han ved at dreje ned i gaden pludselig fik øje på Trine, der på ømme fødder kom vraltende midt i støvet med opkiltrede klæder og helt sammenbøjet af en tung børing brænde, som hun havde hentet sig ude i skoven.

Han kunne ikke undgå at møde hende, men måtte gå hende lige forbi; og da satte han et rigtig forsorent ansigt op og nikkede til hende med et bredt grin: "Go' middag, Trine! . . .Den er lummer, hva'?"

Men dette var dog Trine for meget. Skønt segnefærdig af smerter og udmattelse vendte hun sig omkring med sin byrde og skreg efter ham: "Dit svin!"

Han tænkte et øjeblik på at gå tilbage og stikke hende én i synet, men besindede sig dog og fortsatte fløjtende sin vej.

Kort tid efter blev Hans indkaldt til efterårsmanøvre og forlod byen. Og da han efter mikkelsdag vendte tilbage, havde Trine allerede født en søn og var rejst til hovedstaden for at søge sig en plads som amme.

71

Vandreren. En epilog

Der gik en vandringsmand hen ad en opkørt markvej en dag mellem jul og fastelavn.

Formodentlig må han have gået i tanker; thi pludselig standsede han, så sig omkring og opdagede til sin forbavselse, at han befandt sig midt ude på de store hovmarker.

Det var altid underlige følelser, der vaktes hos ham ved synet af denne gamle lidelses- og kampplads. Ikke mindst en sådan tung og melankolsk februardag med en sortblå snehimmel hængende som en trussel ned over jorden, hvilede der for ham noget ligesom af valpladsens storladne tungsind over disse vidtstrakte, øde og vinternøgne tomter med deres lange, snorlige stendiger og enlige hybentorne.

Det forekom ham, som spøgede endnu de svundne århundreders liv i denne bølgende, lavt svævende jordrøg, der drev hen over agrene. Han syntes ligesom at se dem for sig - disse duvende, tavse skikkelser, der slæbte sig frem her under ladefogdens stokkeslag, agede med plov eller samlede sten ... Dernede i lavningen, hvorfra herregårdens takkede gavl stak op over bakken, glimtede endnu den selv samme rude, gennem hvilken i sin tid hin "dullherrige" greve mønstrede sine bønder, når han hver ugedag lod dem passere forbi under træhesten med blottede hoveder ... Hist ovre bag mosen, langs den høje række popler, der halvt udviskedes af tågen, lå den gamle bygdevej, om hvilken han havde hørt fortælle, at ad den slæbtes om natten pigeofrene til borgen med bagbundne hænder, og om dagen sprængte nådigherren stolt der forbi med sine ridende svende, mens de skælvende bønder skjulte sig i agrene.

Men ad samme vej drog også - en julenat - en sværtet skare med lygter og højt blussende brande ... sprængte borgporten, tumlede op ad trapperne, huggede ned for fode med økser og køller, parterede herremanden og kastede ham under høje glædeshyl stykke for stykke ned i voldgraven, mens drukne karle voldtog hans frue.

Derovre på den høje, golde bakke havde bondebyen ligget. De små sænkninger hist og her i jordsmonnet viste endnu brøndenes plads. Spredt omkring disse havde lerhytterne kigget frem, klinede til bakkehældet ligesom fuglereder; og inde i de små, mørke, fugtige rum, hvor rotterne tumlede sig over hoved og under fødder, sad det arme, forkuede folk ved sin havregrød og vallesøbe, bøjet af værk, gnavet af utøj - spidsende ørene som en frygtsom hund ved hver lyd, der trængte herop fra dalen.

Hvor det klang ham underlig fjernt alt sammen! Han kunne næsten ikke få sig selv til at tro, at al denne umenneskelighed havde fundet sted så nær op imod hans eget - frihedens, fremskridtets, humanitetens - århundrede.

Men - tænkte han - om disse marker kunne tale! Hvad ville de da ikke i tider som disse kunne råbe ud over landet! Hvor ville da ikke hver plet fra skel til skel kunne ringe for ørene af denne slægt, hvis hæder og hævn det skulle været at høste denne jord, som fædrene har pløjet!

Under betragtninger af denne art var han igen nået uden for hovmarks-grænsen og fortsatte tankefuldt sin vej hen over de såkaldte "Kedelbakker", et øde, knudret jordsmon, fuldt af større og mindre, kedelformede huller med store sten og små tjørnebuske på bunden.

Alt var stille omkring ham. Himlen havde sænket sig endnu lavere og syntes at slæbe sine skyfrynser hen over fjorden. Fra denne lød blot nu og da et dumpt, fjernt drøn af isen, der brød op. Overalt, hvor han kom frem, lugtede der af ræv. Flere gange så han også Mikkels lange spor i gruset og syntes at kunne høre den komme listende nede mellem tjørnene.

Pludselig standsede han foran et lille, enligt liggende hus, der lå skjult af et stort stengærde, med hvilket det var sammenbygget, og som straks på en særegen måde tiltrak sig hans opmærksomhed.

Dette skyldtes ikke alene husets ualmindelige ælde, dets underligt høje, gammeldags tagform og de ganske lave mure, hvis små, blyindfattede ruder spillede i alle regnbuens farver. Det var tillige noget eget stumt, ligesom uddødt, der hvilede over det, og som kunne bringe en på den tanke, at det var en forladt og glemt levning fra hine længst forsvundne tider, der på denne skjulte plet havde fået lov til uforstyrret at smuldre hen.

Der var ikke en lyd at høre derinde fra, ikke menneskeligt liv at spore bag de fuldkomment tomme vinduer.

Af nysgerrighed gik han hen og trykkede forsigtigt på klinken.

Jo, der var åbent, - og han stak hovedet ind i en lille forstue med opblødt lergulv og en muggen lugt. Herfra førte atter en gammel, utæt dør, som han ligeledes varsomt åbnede, ind i et temmelig stort, lavt og tomt rum, hvor støvet lå i tætte lag over et bord og en bænk.

En gammel skimlet rok og et par henvisnede potteplanter, der stod på bænken i en tør, askeagtig jord, kunne for den sags skyld godt se ud til at have stået således urørt i et århundrede. Men et svagt spor af tørveos samt de tydelige mærker efter et sæt fingre, der var gået hen over bordpladens støvlag, godtgjorde, at mennesker i alt fald endnu havde gang her i hulen.

Han ville just vende sig for igen at gå, da han pludselig i sengen - en bred, ormædt egeseng med en gardinløs himmel over - opdagede en kvindelig skikkelse... en grå, indskrumpet mumie, der lå sammenbøjet, med ansigtet ind imod væggen, under et gammelt, slunkent dynevår, der faldt tæt om det lille legeme. Et gult tørklæde var bundet stramt omkring hovedet, og oppe under hagen lå begge de tynde, voksblege hænder trykket ind mod kroppen og knyttede.

Han trådte uvilkårlig et skridt tilbage... et lig.

Men i det samme drejede skikkelsen med anstrengelse sit lille hoved en næsten umærkelig smule. Og med en stemme, der fik ham til at fare sammen ... en lille, hviskende, klangløs stemme, der syntes som hentet langt borte fra en hel anden, fjern verden, hørte han hende sige:

"Er det dig, Kathrine?"

Han blev så underlig til mode ved pludselig at høre en menneskerøst, og vidste så lidt, hvorledes han i en hast skulle svare og forklare sig, at han efter en kort betænkning foretrak ganske sagte at liste ud igen den vej, han var kommet.

Han lukkede forsigtigt døren efter sig og lod klinken lydløst falde til.

Da han stod i det fri, kom en stor, pjaltet husmandskone til syne et stykke borte. Hun standsede for enden af det høje stendige, bag hvilket han nu blev opmærksom på en hel samling af småhytter, der stak deres skorstenspiber op over gærdet.

Konen havde et stort tre-fire års barn på armen og skreg straks af al sin magt gennem den tunge, stødvise vind, der imidlertid havde rejst sig: "Vil han snakke med no'en?"

Han støttede sig rolig til sin stok og råbte tilbage: "Hvad er det for en kone, der ligger derinde?"

"Hvem den kone er?"

"Ja."

Hun syntes at betænke sig, idet hun betragtede ham. Derefter kom det: "Kan det ikke være ham lige meget?"

"Nej. - Hvad ligger hun dér for?"

"Hvad hun ligger dér for," hørte han hende gentage for sig selv (thi vinden bar med). Derpå satte hun sig langsomt i bevægelse hen imod ham, men standsede atter i en halv snes skridts afstand og undersøgte ham fra tå til top.

75

"Hvad hun ligger dér for," gentog hun på ny. "Hvor skulle hun kanske ellers ligge?"

"Er hun da syg?"

"Næ."

"Hvorfor ligger hun da i sengen?"

"Hvorfor?"

"Ja."

Hun syntes vedvarende utilbøjelig til at give ham den ønskede oplysning, men betragtede ham bestandig mistænksommere med sine store vandblå øjne.

Først da han havde forklaret hende, hvorledes han var kommet ind i hytten, og hvad der dér var hændet ham, fik hun et lidt blidere udtryk og nærmede sig atter langsomt.

Hun var et tungt, karlehøjt kvindfolk med et udtæret ansigt og et magert, kobberrødt bryst, der skimtedes nøgent inde bag det ophægtede kjoleliv. Barnet, som hun slæbte på armen, var en stor, uformelig tyk dreng med et par uhyre kinder og små, betændte, rødt opsvulmede øjne, som han kneb sammen for at tåle lyset. Han havde små træsko på fødderne og sammensyede uldsokker, der kun nåede ganske kort op på de for øvrigt ganske nøgne ben. Også barnets hoved var udækket; og mellem de tynde, krøllede, rødgule hår sås tykke skorper af sort arp, der dækkede hele den forreste del af hovedbunden.

"Nå, sådan," sagde hun til sidst og smilte bredt. "Så har hun fået sig en ordentlig forskrækkelse, det gamle liv! ... Det var da løjerligt nok. Jeg tænkte ellers, at gamle Else var vel nok kendt her. Men hun er ikke syg. Hun er sgu lige så frisk som en anden, er hun. Men hun er 84, det er sagen, og har ikke været af sengen i otte år."

"I otte år!"

"Nej, Gu' om hun har! ... Nå, så hun spurgte, om det var mig, det gamle skrog!" vedblev hun og lo igen. "Dér har hun sgu fået sig en rigtig forskrækkelse da. Spurgte hun så ikke, om det var Vorherre? Ikke? Ja, for hun ligger jo og

venter ham, siger hun - og hun er jo da heller ikke bedre
værd for resten, end at der blev løst op for hende. Jeg
venter på Vorherre, siger hun - han husker mig nok, siger
hun - og når hun så hører nogen, som kommer gående på
vejen, så tror hun jo straks, at det er ham. Giv mig nu
bogen her hen i sengen, for der kommer Vorherre, siger
hun så ... Hun er jo naturligvis ikke rigtig i hovedet, for-
står sig; og hun gør sig jo så mange spekulationer, når hun
sådan ligger dér og spekulerer for sig selv."

"Men ligger hun da altid sådan ganske alene? Er der
ingen, der plejer hende?"

"Plejer hende? Jo, det gør jeg. Det er mig, der hedder
Kathrine, som hun snakkede om," fortsatte konen, der nu
ret var begyndt at få munden på gled, uden dog et sekund
at slippe den fremmede med øjnene, som agtpågivende
fulgte enhver af hans bevægelser. "Jeg bor hernede i hu-
sene og kigger jo så op, når det kan træffe sig, og gi'er
hende føden og holder hende med renlighed og sådan
noget. For resten har hun været et forskrækkelig rapt fru-
entimmer, det si'er alle de gamle, som kan huske det. Hun
har engang løbet om kap med en hest."

"Med en hest?"

"Ja, gu' har hun så. Det er løjerlig nok at tænke på, men
sandt er det ligefuldt. Og børn har hun da også haft, og
endda flere nok, end hun ville være ved; men hvor er de
henne i verden? ... Nå, du! - kan du nære dig, din skid-
ager!"

Den sidste tiltale gjaldt drengen, der under denne lange
passiar var blevet utålmodig og arrigt rev og sled i mode-
rens kjoleliv for at komme til brystet. Men hun tjattede
ham over fingrene og vedblev derpå, henvendt til den
fremmede: "Dersom han har lyst til det, kan han jo følge
med ind, så kan han jo selv snakke med hende. Hun er
såmænd ikke forknyt endnu, hvor gammel hun så er, men
kan sgu både prate og sprate, når det sind falder over hen-

77

de; og især når hun har fået sig en tår kaffe, så kan hun sådan komme med så meget tjat og så mange gøgeord, at man gerne kunne grine sig ihjel deraf ... Tys! Kan De høre, hvor hun ligger derinde og spiller kæve nu? Det er nok mig, hun gi'er på tosken, tænker jeg ... for rigtig i ho'edet, det er hun naturligvis ikke. Men hun bliver jo også 84 til sankthansdag, skroget!"

De fulgtes nu ad ind i hytten, hvor de traf den gamle halvt oprejst i sengen, stirrende forvildet hen imod døren med nedhængende underkæbe.

"Nå, nå! Hvad fanden er der med jer, Else! I behøver ikke at se så forskrækket ud. Det var bare denne fremmede mand, der var gået forkert. Han vil nu kigge ind til jer; det må han vel nok?"

"Jeg ... jeg tænkte ... det var Vorherre," stammede hun hviskende, endnu rystende af angst.

"Å, sikke no'et sludder, Else. Læg jer nu bare rolig ned; I er jo helt fra'et," sagde husmandskonen; og med den hånd, hun havde fri, hjalp hun hende nu til leje igen i halmen og klappede dynevåret tættere sammen om det lille legeme.

"Der er ikke meget fedt på den mere," henvendte hun sig derpå til den fremmede, idet hun løftede på den tynde og ynkeligt afpillede arm, der lå over dynen. "Og dersom De vil føle her på hånden, så skal De mærke, hvor kold den er. Det er ligesom et lig - ikke? For hun har det allerværst med den kulde, det gamle skidt! Og det er da endelig ikke så underligt, for den smule dyne kan der da ikke være meget varme i, og ovnen dér trænger også til helbredelse, - men sognet vil nu helst have hende op på kassen, skal jeg sige Dem; for de tænker vel, at hun så kreperer på vejen."

Den gamle lå nu ganske rolig og stirrede stift med sine små, sorte øjne hen på den fremmede, idet hun uafbrudt mumlede for sig selv: "Jeg tænkte, det var Vorherre."

Han havde stillet sig hen for enden af sengen, og mens husmandskonen vedblev at fortælle, så han omkring i den nøgne stue - på den skimlede rok, den gamle, møre seng og dens stinkende halm. Til sidst faldt hans øjne på en stok, som den gamle havde liggende hos sig i sengen; og da han spurgte konen, hvortil hun kunne bruge den, lo hun og sagde: "Den bruger hun sgu til rotterne, de skarnagtigheder, som er så fæle ved hende om natten, så de er nær ved at æde hende op. Hele diget derude er så fuldt af det skab; og så snart det bli'er mørkning, kommer de herind og rumsterer sådan rundt i hele huset og i sengehalmen, at hun ikke kan få ro. Det er ikke længere siden end forgangen, at de åd et helt brød op for hende; og jeg havde endda lagt det herop på ovnen; for at det ikke skulle komme i fortræd ... er det ikke sandt, hvad jeg si'er, Else?"

Den gamle forsøgte at nikke. Hun slap ikke den fremmede mand med sine stirrende øjne.

Da han en times tid senere stod oppe på Fjordbakkernes fede lerjorder, gik just solen ned i vest over en smal stribe af gyldengult, der strakte sig langs horisonten under det mørke, tunge skytag.

Dernede for hans fødder lå den lille by mellem bakkerne med sit runde, svagt kobberfarvede gadekær og sine otte store, nye bøndergårde, fra hvilke plejlenes taktfaste arbejde lød herop som et roligt, sundt hjerteslag. Majestætisk - som små herresæder - løftede disse deres tage over de usle, klinede lerhytter, der klumpede sig sammen nede i sølen. Hist og her kom en træt arbejder slentrende ud af en port med madkassen i en snor over skulderen og drev bort over markerne - eller dukkede ind i et af de små, mørke, fugtige rum, hvor disse arme folk sidder ved deres kartoffelmad og brændevin, bøjet af værk, gnavet af utøj, frygtsomt ventende den dag i alderdommen, da bonden kaster dem ud af deres huler, og "sognet" tager dem i sin nåderige varetægt...

Og langsomt og eftertænksomt gentog han for sig selv: "Frihedens - fremskridtets - humanitetens århundrede!"